ネトゲの嫁が人気アイドルだった

～クール系の彼女は現実でも嫁のつもりでいる～

My wife in the web game is a popular idol

2

あボーン
イラスト 館田ダン

「夫の心を……奪われたのよ？
なりふり構ってられないわ……にゃ」
っっっ

曲のイメージは
透き通るような
大人びた雰囲気。
凛香が歌いながら
軽やかな動きを披露する。

「私は和斗くんに甘えたいし、甘えられたいの」
「先生を呼び捨て？ちゃんと凛香先生と呼びなさい」

ネトゲの嫁が人気アイドルだった 2

~クール系の彼女は現実でも嫁のつもりでいる~

あボーン

OVERLAP

CONTENTS

目次

My wife in the web game is a popular idol.

イラスト／館田ダン

プロローグ　「おかえりなさい！」

My wife in the web game is a popular idol.

俺と凛香《りんか》が付き合ってから、すでに十三年が経過していた――――。

改めて思う。時が流れるのは本当に早いものだと。

かつてはネトゲ廃人と呼ばれていた俺だが、今は立派な社会人。

会社内においては、そこそこ頼れる男という評価に落ち着いている。

そして凛香は、六年前にアイドルを卒業し、今は専業主婦になっていた。

「帰りが遅くなったな……」

仕事で予想外のトラブルが起こり、予定よりも帰りが遅くなってしまった。

我が家に到着した俺はドアを開けて玄関に踏み込む。その瞬間だった。

廊下の奥からドタドタと慌ただしい足音が近づいてきて――――。

「パパー！　おかえりなさい！」

もはや天使すら霞《かす》むほどの可愛《かわい》らしい笑みを浮かべた幼女が、勢いよく俺の脚に飛びついてきた。乃々愛《ののあ》ちゃん似の四歳の女の子。頭の両横でちょこんと結ばれた髪が、さらなる可愛らしさを引き出している。俺と凛香の娘だ。名前は『陽多《ひなた》』。

「パパ、おしごとおつかれさま！」

俺を見上げ、陽多が無垢《むく》な笑みを浮かべる。可愛い。可愛すぎて今すぐ死ねる。

「だっこー、だっこして！」

「はいはい」

両手を目一杯伸ばしてくる娘を優しく抱っこする。

「ねーパパ。どーして帰りがおそかったの？　うわき？」

「はは、四歳の女の子が口にしていい言葉じゃないぞ。ママの影響かな？」

「んーとね、せんせーが毎日言ってるのー。かれしの浮気癖がなおらないってー」

「どうしよ。保護者として苦情入れた方がいいのかな」

子供に聞かせる話ではないだろう。俺の娘に変な言葉を覚えさせないでほしい。

「陽多、パパが疲れているでしょ。こっちに来なさい」

そう優しく言ったのは、かつて世間を賑《にぎ》わせた元大人気アイドル——水樹《みずき》凛香だった。

今は綾小路《あやのこうじ》凛香だな。高校時代に比べると表情はとても柔らかく、まさにお母さんの顔をしている。腰まで伸びようかという綺麗《きれい》な髪の毛を後頭部で一本にまとめており、つい先ほどまでキッチンに居たのか、カジュアルな服の上から淡い水色のエプロンを着けていた。

「おいで陽多」

「うんー」

俺に抱っこされている陽多だったが、今度は凛香に抱っこされる。なんかいいな……。

娘を抱っこする母親の姿に幸せを感じた。

「和斗《かずと》くん、今日もお疲れ様。ご飯できてるわよ」

「ありがとう。今靴脱ぐよ」

「……ところで、さっき陽多と何を話していたの？　浮気という言葉が聞こえたわ」

「幼稚園の先生が彼氏の浮気癖に悩んでいるんだってさ」

「そう……。大変ね」

さすが凛香。浮気には敏感だった。

まあ俺からすれば、なんてことない日常会話だ。何もおかしいところはない。

しかし平凡な日常は、ほんの些細《ささい》なことがきっかけで崩れ去ることがある。

何か違和感を覚えたらしい凛香が、俺の胸に顔を近づけて匂いを嗅いだ。

「すんすん……。ねえ和斗くん」

「ん？」

「和斗くんの体から、見知らぬ女の匂いがするのだけれど……どういうことかしら」

「ああ、職場で女性と軽くぶつかって……」

「ふーん」

優しそうなお母さんの表情から一転。

凛香の表情が、かつてのクール系アイドルを彷彿《ほうふつ》させる冷たい表情に変貌した……！

「いや何もなかったから！　ほんとに！」

「何を焦っているのかしら。私が浮気を疑うはずがないでしょ？」

「ほ、ほんとか？」

「当たり前よ。和斗くんは世界で一番誠実な男性で、私を心の底から愛してくれているもの。浮気なんてするはずがないわ」

凛香は平然としながら言ってのける。俺に対する信頼を感じさせる確かな言葉だった。安心した俺はホッと胸をなでおろす。

「凛香の言う通りだ。俺が浮気なんてするはずがない」

「そうね。けれど……私と陽多以外の匂いがするのは許せないわ」

そう言うと凛香は陽多を下ろし、右手を背中の後ろに回したかと思うと、『包丁』を取り出した――――はっ!?

「いや、ちょ――え！　包丁!?」

「動かないで和斗くん。今から女の匂いがする部分を削ぎ落すから」

「ひぃいいいいっ！」

まるで底なし沼のようなどす黒い瞳をする凛香が、ゆらりと体を揺らしながら歩み寄ってくる。その右手に握られた包丁は見事なまでに研がれているらしく、お天道様の如《ごと》き輝きを放っていた。

「り、凛香……よせ！」

「無駄よ。もう、こうなった時点で私の行動は決まっているの。諦めて」

「ちょっと待ってくれ！　俺が服を脱げばそれで終わりじゃないか！」

「女の匂いが、服越しに和斗くんの肌に染み込んでいるじゃないの。早く削ぎ落さないと……内臓まで取り出すことになるわ」

「あ、あぁ……！」

あまりの恐怖に俺はへたり込み、ガクガクと小動物のように体を震わせるしかなかった。

「和斗くん……痛くないようにするから……」

「り、凜香――ッ！」

凜香が包丁を両手で握りこみ、へたり込んだ俺に振り下ろそうと包丁を頭上に上げて――。

「さようなら……和斗くん」

「う、うわぁあああああああ！」

「ああああああああああああ――――……ぁぁ？」

目を開けた瞬間、視界に飛び込んできたのは――パソコンの画面だった。

大人気アイドルグループ『スター☆まいんず』のライブ動画が、繰り返しで延々と流されている。どうやら自室に居る俺は、パソコンの席に着いてライブ動画を観《み》ていたらしい。

「夢かよ……」

すぐに理解する。さきほど見ていた十三年後の日常は夢だった。

時間を確認しようとパソコン画面の隅っこに視線を向ける。

日曜日　19：58と表示されていた。……ライブ動画を観ている途中に寝落ちしたのか。

「手汗が半端ないな」

ぐっしょりと汗で濡《ぬ》れた両手を見て呟《つぶや》く。俺はなんて恐ろしい夢を見てしまったのか。

凛香《りんか》が俺に危害を加えるなど絶対にありえないことだ。

絶対にありえないけど、下手したらありえそうな展開だけに体が震えてくる。

「い、いやいや！　凛香はヤンデレじゃないし……。絶対にないっての！」

よし、気分転換に凛香のライブ動画を観よう！

「……やっぱり凛香は可愛いなぁ」

パソコンの画面に映し出されているのは、大人気アイドルグループ『スター☆まいんず』のライブ動画だ。今を時めく女子高生五人組。センターの胡桃坂奈々《くるみざかなな》を筆頭に、可愛い少女たちによるダンスが披露されている。

それでも俺が注目するのはクール系アイドルの水樹《みずき》凛香だ。

綺麗な長い髪に、誰もが認める可愛らしくもキリッとした顔立ち。

しかし何と言っても特筆すべきは雰囲気だろうか。

その大きな瞳からは力強い信念を感じさせ、何者にも屈しないという意思表示が感じ取れる。表情には一切の笑みがない。

誰にも媚《こ》びることなく、常に堂々とした振る舞いは、まさしくクール系アイドルと呼ぶにふさわしいだろう。

水樹凛香というアイドルは、性別問わず絶大な支持を得ている。

「こんなすごい女の子が、俺の彼女だもんなー」

人生何が起こるか分からないとは、よく言ったものだ。

まさかネトゲで結婚したフレンドが、同級生の人気アイドルだなんて……。

誰がそんな奇跡を信じられるだろうか。

「ほんとすごいよな、凛香……」

まあ何が一番すごいのかと言うと、俺と夫婦のつもりでいること。

凛香の考えによれば、『リアルの容姿や身分、肩書きが関係ないネトゲは、純粋な心の付き合いができる素晴らしい世界よ。そんな世界で結婚したのだから、当然リアルでも夫婦よね?』、ということらしい。ぶっ飛んだ考えというか何というか。

それも今となっては可愛らしく思えるのだから不思議である。

俺がボーッと凛香のライブ動画を観ていると、キーボードの横に置いていたスマホからピロン♪と通知音が鳴った。チャットか。

スマホを手に取ってゲーム用チャットアプリを起動する。

送信者はリン。内容は――――。

『カズ!　また遅刻なの!?　早く会いたいよ～』

「あ、やば!　もう約束の時間じゃないか!」

スマホには21:05と表示されている。

リンとの待ち合わせが21:00だから――普通に遅刻だな。またやらかした。

すぐに『黒い平原』を起動してログインする。

カズという戦士風の男キャラが、賑やかな漁村に出現した。画面の右下にあるミニマップを見ると、フレンドを示す緑色の点がカズの近くに表示されている。これはリンだな。

俺の予想は正しく、視界に緑色の民族衣装を着た金髪エルフがスキルによる高速移動で現れた。

ちなみに『黒い平原』とはリアルなグラフィックを売りにした自由度の高いオンラインゲームで、俺と凛香が出会うきっかけとなったオンラインゲームでもある。

俺は中学二年の頃からプレイしており、食費を削って課金するくらいにはハマっている。

『もうカズ！　これで何度目の遅刻なの！　いい加減にしないと怒るからね！』

フレンドかつ結婚相手のリンからチャットが飛んできた。

これに関しては俺が悪い。素直に謝ることにする。

『ごめん！　凛香のライブ動画を観ていたら遅刻しちゃった！』

『そう言えば私が許すと思ってるよね!?　私、そんなチョロい女じゃないよ！』

『本当にごめん。あまりにも凛香が綺麗で可愛《かわい》くて………』

『そんなに？』

『うん。前にも言ったけど、凛香を見ていると時間を忘れちゃうんだよなぁ」

『それなら………今回だけ許す！』

チョロい。まあ俺は本当のことを言っただけなんだけども。

『許すのは今回だけだからね！』

画面内に居る金髪エルフのリンが、ムキーッと可愛らしく怒った表情を浮かべる。

なんていうか……仕草や言葉遣いが、とてもクール系アイドルに思えない。

なぜか凛香はリアルとネトゲでは恐ろしいほどにキャラが違う。

ただ、そこに触れるのはマナー違反のような気がして突っ込めないでいた。
『私たち、こうして会うの二週間ぶりなんだよ……？』
『そうだなー』
『カズが告白してくれた日から、全く会えなくなったんだもん。寂しいよ……』
画面内のリンがシクシクと悲しそうに泣き始める。
俺たちが正式に付き合ってからの二週間、まともに話ができていなかった。
というのも人気アイドルである凛香が忙しいから。とくに最近忙しい。
学校も休みがちになっていた。そりゃプライベートの時間なんて作れない。
こうして二人で遊ぶのが久々となれば、リンが怒るのも無理はなかった。
たった五分の遅刻といえど……。
『ようやくカズが夫としての覚悟を決めてくれたのに……！』
『まだ夫のつもりはないけどね。それに俺十七歳だから結婚無理だし』
『深い愛で結ばれた夫婦なのに……。こんなの辛《つら》すぎるよ』
『まだ恋人ですけどね、俺たちは。気が早いにもほどがある』
『今すぐ会いたい……。私の愛する夫、和斗《かずと》くん！』
『ねえミュートしてる？　さっきから会話が一方通行なんだよ……ッ！』
俺たちは正式に恋人になったが、リン——凛香の中では夫婦らしい。

もちろん俺は夫婦のつもりはない。まだ、な。

『じゃあ釣りしよっか』

『切り替え早いですねー』

ケロッとした様子のリンが海に向かって歩き、釣竿《つりざお》を取り出して釣りを始める。

俺もリンに続いて釣りを始めた。

黒い平原内での時間は昼らしく、太陽から降り注ぐ綺麗《きれい》な光が海底にまで透き通って目を見張るような絶景を生み出す。グラフィックを最高設定にしているおかげもあるだろうが、個人的にはリアルにすら勝る絶景だと思っている。

『ねえカズー。次遅刻したらブロックするからね――――ってヤダ！　カズと話せなくなるなんてヤダ！　ブロックしない！』

『一人で何言ってるんだよ……』

相変わらずメチャクチャなリンに、俺は呆《あき》れ返る。

『毎日カズと放課後デートしたいなー。それでね、夜は一緒にネトゲするの！』

『最高の計画じゃないか』

『でも無理だよね……』

悲しそうにする凛香の顔が脳裏に浮かぶ。

確かに無理だ。人気アイドルが男と一緒に街を歩くのは自殺行為に等しい。この間の初デートもかなり際どかった。

それからも俺たちは釣りをしながら平凡な会話を続ける。

変化が表れたのは、22時を目前にした頃だった。

リンが急に黙りこみ、チャット欄が大人しくなってしまう。

『どうしたんだ。何か用事？』

『……会いたい……』

『え？』

『カズに会いたい！　もう我慢の限界！』

うがーっとリンが噴火したようなイメージが文章から伝わってくる。急にどうしたんだ！

『会ってるじゃん、今』

『そうじゃなくて！　リアルで！　会いたいの！　和斗くんの声が聞きたい！』

『じゃあボイチャにする？』

『実際に聞きたいの！　分かってて言ってるよね!?』

そんなこと急に言われても困る。もう遅い時間だし、明日は学校がある。

今からリアルで会うのは色々と厳しいだろう。

『カズは私と会いたくないの？』

『会いたいに決まってる。暇があれば凛香のライブ動画を観るくらいなんだぞ』

凛香との夫婦生活の夢を見るくらいだ。娘まで居たぞ。最後はアレだったけど。

『ほんと？　私もね、ずっと和斗くんのことを考えてるの』

『そうなんだ』

『まず朝起きた時にね、和斗くんポスターを見ておはようって言うでしょ？　今日も良いことがありますようにってお願いするでしょ？　和斗くんの存在に感謝を捧《ささ》げるでしょ？そして最後にお祈りをするの！』

『宗教じゃん！　もう宗教だよそれ！　信心深い信者だ！』

『信者じゃないよ、お嫁さんだよ！　それも世界で一番和斗くんを愛しているお嫁さん！』

『もはや愛が信仰心に変わってるんだよ……！』

俺のポスターにお祈りしている人気アイドルの姿を想像したら口が引きつってきた。

『今から和斗くんの家に行ってもいい？』

『もう遅いし明日学校があるんだけど』

『分かってる。それでもね、ほんの少しの時間だけでいい……和斗くんのそばに居たいの』

『凛香……』

『…………だめ？』

そんなことを言われては断れるわけがない。というより俺だって凛香《りんか》に会いたい。

せっかく付き合っているのに、恋人らしいことが一つもできていないのだ。

まあ凛香の立場を考えれば俺の方は寂しさを我慢できる。けど凛香は別だ。

『今、家にいるのは俺だけだから一応大丈夫だけど……。凛香の方は大丈夫なのか？　こんな夜遅くに出歩いたら危ないと思う』

もし凛香に何かあったら俺は一生後悔する。

『タクシーで行くから大丈夫だよ！　じゃあ、泊まってもいい？』

『しれっとお泊まりになってるんですけど？』

『こういう時しか和斗くんに会えないもん……。泊まりたいなー』

少しだけ考えてみる。気持ちとしては反対寄り。純粋に心配なのだ。

しかし凛香がこれほどお願いしてくるのに、簡単に反対するのも違うだろう。

安全面に関してはタクシーを利用すると言ってるし、大丈夫だろうか……？

『……分かった。家においで』

『やった！　今すぐ行くね！』

チャット欄に『リンさんがログアウトしました』と表示された。行動が早すぎる。

「……まじかー」

あれよあれよという間にお泊まりイベントが発生してしまった。

まさか人気アイドルがお泊まりに来るなんてな。

そんなこと、俺の今までの人生では考えられなかった。

「何か、準備した方がいいのかな……？」

椅子に座っている俺は振り返り、自分の部屋を見回す。

漫画やラノベ、スナック菓子のゴミや空のペットボトルが散乱していた。

こんな場所に彼女を招待できるわけがない。

「やることは決まったな。まずは掃除だ」

☆

「それで、これが掃除を頑張った結果なのね」

「はい……」

より汚くなった俺の部屋を見回した凛香が、心底呆れたように「はぁ」とため息をついた。

なぜだろう、物を片付けたはずなのに、さらに散らかったのは……。

斎藤《さいとう》から借りた全十巻のラノベを収納ボックスに仕舞おうと思い、元々収納ボックスに入っていた全二十五巻の漫画をとりあえず取り出したところで、『ん？　なんか悪化してね？』と思ったところまでは覚えている。

そこから勢いのままに片付けを始めたところ……数年前に一度読んだだけのラノベや漫画が、どこからともなく現れて床に散らばっていた。もう手の施しようがない。

とりあえず足の踏み場を作ることにする。

呆れ返る凛香に見守られながら、床に散らばった本を部屋の隅っこに追いやる作業を開始した。

「以前から思っていたけれど、和斗くんは生活力に問題があるわね」

「そ、そうでもないぞ。ゆで卵は作れる」

「それを聞いた私が和斗くんを褒めるとでも思ったの？」

「いえ……ごめんなさい」

凛香の鋭い目つきから放たれる視線に冷たいものを感じる。

ドキドキ感溢《あふ》れる青春展開になるはずだったのに、どうしてこんな状況になったのか。

タクシーでやって来た凛香を家に招き入れ、お互いに隠しきれない緊張を漂わせながら俺の部屋に踏み込むと――――この有様である。

甘酸っぱい雰囲気が見事に消し飛んだ。

「やっぱり定期的に私が来る必要があるわね。この様子だとご飯も適当に済ませているでしょ」

「今日の晩飯は卵かけご飯だ。ちゃんと食べてる」

「それだけ？　昨日は？」

「卵かけご飯」

「………………」

もはや何も言ってもらえなくなった。どうしてだ、卵かけご飯は美味《おい》しいだろっ。

微妙な空気が一瞬流れるが、凛香が仕切りなおすように喋《しゃべ》り始める。

「これでハッキリしたわね。和斗くんには私が必要よ。まったく……自分に無頓着な夫を持つと苦労するわね。ほんと、和斗くんは私が居ないとダメなんだから」

「ちょっと嬉《うれ》しそうなのは気のせいでしょうか」

「和斗くんのお世話をするのは妻である私だけ、そのことを強く再認識しただけよ」

「お世話、ですか……」

「私以外の人に和斗くんのお世話をさせないから」

凛香の発した言葉からは、少なからずの独占欲が感じられた。

純粋に俺を心配する気持ちもあるんだと思う。

それに俺がしっかりすればいいだけの話。

とはいえ友達からネトゲ廃人と称される俺が、今すぐまともな生活を送れるわけがない。

凛香から『自分に無頓着』と言われても一切否定できなかった。

「それで、今から掃除するのか？」

「もう遅い時間だし、掃除はまた今度ね。今は……和斗《かずと》くんとの時間を大切にしたいわ」

凛香はそう言うと俺のベッドに腰を下ろした。なんとなく俺も凛香の隣に腰を下ろす。

これで凛香のお叱りタイムは終わったようで、静かな時間が流れ始めた。

物音一つしない部屋。外から車の走行音が微《かす》かに聞こえる。

「二人きりね……」

「そうだな……」

急に口数が少なくなった。今までなら何も気にせず話をしていたはず。

お互いに意識し合っているのが分かる。

以前と違って、俺たちが特別な関係であることに疑いはない。

凛香は夫婦と言い張っているものの、やはり俺から告白されたことで心理的な変化は起きている。

その証拠と言えるのか分からないが、今の凛香は髪をひっきりなしに触り、チラチラと隣に座っている俺を横目で窺《うかが》っていた。緊張した空気が滲《にじ》み出ている。

俺も久々に見る凛香の私服姿にドキドキしていた。

ワンピースにカーディガンというシンプルながらも普段より大人っぽく見える服装だ。

いつも凛香の制服姿やアイドル衣装しか見ていないから、余計にいつもと違う雰囲気を感じてドキドキするのかもしれない。

「……何か喋ってよ、和斗くん……」

自分の緊張を誤魔化すように、凛香がそんなことを言う。

俺は一瞬だけ考え、凛香の艶やかな長髪から漂う花の香りに気づいた。シャンプーか。

「えーと……凛香って良い匂いがするよな」

「……変態？」

「ごめんなさい」

凛香からジト目を向けられて即謝罪。今のは我ながら変態だった。

でもここで諦める俺ではない。シャンプーのくだりを活《い》かした話題作りに挑戦してみる。

「もうお風呂に入った後なのか？」

「ええ。それがどうしたの？」

「いやとくに…………」

「そう…………」

だめだ！　何を話したらいいのか分からん！

ここまでくると普段俺たちがどんな話をしていたのか分からなくなってくる。

やはりネトゲしかしてこなかった俺に、場を盛り上げる力なんてなかった！

頭を抱えそうになるが、ここで凛香が何やら声を震わせながら喋り始める。

「も、もしかして……和斗くんは私と一緒に……お風呂に入りたかったのかしら」

「え、え？」

「その、私たちは夫婦だし……おかしなことはないけれど……っ」

凛香は露骨に頬を赤らめ、俺から顔を背けて床を見つめる。え、何か勘違いされた？

「か、和斗くんも男の子だし、女の子の裸に興味があるのね」

「待ってくれ！　そんなつもりで言ったんじゃない。話題を作ろうと思って……」

「いいのよ、無理しなくて。私も男の子について理解しているつもり」

「理解されても！」

「でもね、私たちはまだ……そういう段階じゃないと思うの。肌を見せ合うのは、まだ早いわ」

「え、普段から夫婦とか言ってるのに？」

「ひ、卑怯《ひきょう》よ和斗くん。こんな時だけ夫婦を持ち出すなんて……。とんだスケべね。スケべ和斗くん」

「当然の疑問なのに……！」

凛香は夫婦のつもりでいるのに、肌を見せ合うのはダメらしい。

よく分からないが、そういうことなら俺は何も言わない。

「…………」

「…………」

再び訪れる沈黙。一つの会話が終わればお互いを無言で意識する。

付き合ってから二週間。その二週間、まともに話をしていない。

たったそれだけのことで、こんなにも調子が狂うものなのか。

……ネトゲをしていた時は、いつもの調子だったのにな。

「なんか、ごめんな」

「それは何に対しての謝罪かしら」

「せっかく来てくれたのに、何もできなくて……」

おまけに部屋も汚いし。申し訳なく思う俺に、凛香は真っすぐな本音を口にする。

「そんなこと気にする必要ないわ。私は和斗くんの存在を身近に感じられるだけで満足だもの」

「凛香……」

「本当ならずっと一緒に居たいわ。朝も昼も夜も、和斗くんの温《ぬく》もりをそばで感じたい。和斗くんに告白してもらったあの瞬間から、この思いが際限なく膨れ上がっていくの」

「そっか……」

一般的な感覚なら凛香を重く感じるのだろうが、今の俺からすれば嬉しく思うし、凛香らしくてホッとする。

凛香の全てを受け入れると宣言したのは勢いだけではなく、心の底からの本音だった。

「そろそろ寝ましょうか。明日も早いわ」

「俺の家から学校に行くのか？」

「いいえ、一度家に帰ってから学校に行くつもりよ。そのためにも早起きしないといけないわね」

俺と一緒に登校するわけにもいかないし、家に帰るのが無難か。

かなり大変だと思うが、凛香《りんか》はそこまでして俺に会いたかったんだろう。

そう思うと嬉しくなるし、凛香がすごく一途《いちず》で健気《けなげ》な女の子に思えてくる。

「申し訳ないけれど、少しの間だけ部屋から出て行ってもらえる？」

「なんで？」

「…………るから」

「ごめん、声が小さくて聞き取れない」

「…………着替えるから、よ」

本気で恥ずかしがっているらしく、まさに蚊の鳴くような声だった。

凛香の視線の先には部屋の隅に置かれた大きめのバッグがある。

あのバッグの中に着替えが入っているのだろうか。

……着替えだけにしては、やけに丸く膨らんでいる気がする。

「和斗くん？」

「あ、ああ……うん、出ていくよ」

凛香に促され、さっさと部屋から出ていく。ドアを閉めた後、俺は首を傾《かし》げた。

あれ？　俺たち……付き合ってるんだよな？

しかも凛香は夫婦のつもりでいて……。

それなら別に遠慮する必要ないのでは？　と思わなくもない。

「まあ、凛香は変なところでピュアだしな……」

手を繋《つな》ぐだけで赤面して硬直する女の子。

なら着替えを見られるのは恥ずかしく思って当然か。

でも寝る時はどうするんだろう。

この流れだと別室で寝るという感じでもないだろうし……。

そこまで考えて、誰もが行き着くだろう結論に達する。

……………俺のベッドで、一緒に寝る。

「────ッ！」

想像しただけで顔が猛烈に熱くなった。

「まじか……。やばいな」

言うまでもなく俺たちは思春期真《ま》っ只中《ただなか》の高校生。

俺が色々意識するのは仕方ないことだと思う。

けど凛香はどうなんだろうか。肌を見せ合うのはまだ早いと言っていたが……？

普通に一緒に寝るだけなのか、それとも………。

「ダメだ。凛香だから何が起きてもおかしくない」

いつだって想像を超えてくるクール系の彼女が、どのような振る舞いをしてくるのか。

これぱっかりは数年の付き合いがある俺でも予想するのは難しいぞ。

☆

凛香の「いいわよ」という言葉を耳にしてから部屋に入る。

初めて見る凛香のパジャマ姿に、自分の頬が熱くなるのを感じた。それほどまでに可愛《かわい》い。紺色のボタン付き半袖シャツに、白色の短パン。薄いカーディガンを着ている。変に着飾ったデザインでもなければ可愛らしさを強調するようなポイントがあるわけでもない。

いや、そんなものは凛香に不要。

むしろシンプルさこそが凛香の魅力を引き立てる。

純粋な心を真とし、肩書きや身分を重要視しない凛香らしい格好に思えた（大げさか）。

「ど、どう……？　普段寝る時に着ているパジャマなのだけれど、おかしくないかしら」

「全然おかしくないよ、可愛い。それもすごく」

「かわ……っ！　あ、ありがと……」

素直に照れる凛香。自分の髪を触って心を落ち着けようとしているように見える。

その女の子らしい仕草まで完璧だった。

こんなに可愛いクール系アイドルを見たことがある男は、きっと俺だけだろう。

それが分かるだけに気分が高揚してくる。

「本当に可愛いよ、凛香」

「い、言い過ぎよ……。そんなに言われると、困るわ」

「どうして？」

「和斗くんから言われる可愛いは……心に響き過ぎるもの……」

「じゃあ、もっと言いたい」

「……ずるい。こういう時に限って和斗くんは強気になるのね」

凛香が拗《す》ねたように唇を可愛らしく尖《とが》らせた。

そういう不意打ちみたいな仕草までグッとくる。

「別に強気になってるわけじゃないよ。凛香が素直に気持ちをぶつけてくるから、俺も素直になってるだけだし……」

「そ、そう……」

「うん……」

言っておきながら少し恥ずかしくなってしまう。

凛香と同じく俺の頬もちょっぴり赤くなっていそうだ。二人してテレている現状。

付き合う前に比べて空気感が変わっている。

「ねえ和斗《かずと》くん、一つだけお願いがあるの……。いいかしら」

そう躊躇《ためら》いがちに言ってくる凛香。

よほどのお願いなのか、不安そうな上目遣いで俺を見つめてくる。

「いいよ、俺には遠慮せず何でも言ってくれ」

心の中で恋人だし……と付け加える。

口で言わなかったのは『私たちは夫婦よ』と反論されるのが分かっているからだ。

ともかく凛香のお願いなら何でも聞いてあげたい。

「ほんと？　それじゃあ……」

凛香は持参したバッグの下に向かい、中から……和斗くん人形を取り出した！

しかも一体だけではなく、二体目、三体目、四体目……五体目を取り出し、あろうことか、俺のベッドに並べ出したではないか！　どうされたのですか凛香さん!?

しかも五体目の和斗くん人形はパジャマを着て寝ていた。……可愛くて反応に困る。

「え、ちょ、え、え、凛香?」

「ずっと、和斗くんの部屋でしたいことがあったの」

「和斗くん人形をベッドに並べること？」

「それはまだ初めの一歩に過ぎないわ……。私のお願いというのは、和斗くんの部屋で、和斗くん人形に囲まれながら、リアル和斗くんに添い寝してもらうことなの」

「ごめん、どう反応したらいいのか分からない」

この流れからピンク色的な展開を想像していたのだ。普通に戸惑う。

凛香が純粋すぎるというか、心に汚れがなさすぎるだろ。

「………だめ？」

「いいよ」

即答でした。

断れるかも？　なんて不安を滲《にじ》ませた瞳で見つめられては即承諾するしかない。

ベッドに上がった凛香が和斗くん人形を枕のそばに三体並べ、残り二体を壁にたてかける。その様子を俺は呆然《ぼうぜん》と眺める。そんな俺に気づいた凛香が、ベッドから身を乗り出し、俺の袖を軽く引っ張って小首を傾げながら――――。

「和斗くん………寝ましょ？」

「――――ッ！」

クリティカルヒットを食らった。一撃でＨＰが吹っ飛ぶ。これは反則だ。

可愛いとか萌《も》えとか、そんなチャチなものではない。

まるで魂を鷲掴《わしづか》みにされて肉体から引きずり出されたような、そんな不条理かつ暴力的なまでの可愛さ……。

クール系の彼女だからこその破壊力。

ああ、これが恋人か……！

凛香が俺のベッドで横になり、顔だけ出すようにして布団をかぶる。

俺もベッドに入ろうとしたところで、なぜか凛香からストップをかけられた。

「待って和斗くん」

「な、なんでしょうか……？」

「電気を……消して」

「え」

「あ、明るいと……恥ずかしいじゃないの……」

「…………」

スッと布団で鼻まで隠し、目だけを露出させた凛香が恥ずかしそうに言ってくる。

率直に言って心をぶち抜かれた…………可愛いという弾丸で。

普段はグイグイ来るくせに、ここぞという時にうぶになるのはなんなんだろうな……。

凛香が可愛すぎて逆にイライラしてきた。

二週間まともに話ができなかった分、余計に愛《いと》おしく思えるのかもしれない。

俺はリモコンを操作して部屋の照明を消す。

途端に訪れた暗闇に視界が塗りつぶされ、ベッドで眠る凛香の輪郭がボンヤリと浮かび上がった。

「えと、隣、失礼します」

「え、ええ……。私たちは身も心も許し合った夫婦なんだから、何も遠慮する必要はないわ」

「じゃあ電気をつけ――」

「それはダメ」

「はい……」

すさまじく早い拒否だった。

そのことを少しおかしく思いながら、俺は布団をめくって凛香の隣に寝そべる。

その際、俺の肩が凛香の肩にトンとぶつかり、お互い「んっ」と短く声を発した。

何も見えない真っ暗な部屋の中だからだろうか。感覚が鋭くなっている気がする。

すぐ隣から凛香の温《ぬく》もりが伝わってくるし、息づかいまで分かる。

ふんわりとした優しい花の香りが鼻の奥に届いた。

「…………」

「…………」

何も発しない無言の時間が続く。

暗闇に包まれた視界、無音の空間……。

唯一聞こえるのは心臓の音。さっきから俺の心臓がうるさくて、寝られる気がしない。

俺はジッと天井を見上げているが、頬に凛香《りんか》の視線をヒシヒシと感じていた。

そのうち何か言ってきそうだな……。

そう思った直後。俺の直感は正しいことが証明された。

「和斗くん」

「ん？」

「もう一つ、お願いがあるの」

なんだろ。俺は体を横に向け、凛香を見つめる。

暗闇でハッキリとは視認できないが、すぐそこに凛香の顔があることが分かった。

「頭を……なでてほしいの」

「頭を？」

「ええ。優しく、なでなでしてほしい……」

なんて熱のこもった甘い声音なんだろう。

これまで聞いたことのない、あまりにも凛香の女の子らしい声に、脳の奥がジリジリと痺《しび》れていくような気がした。

「凛香って、そんなに甘えてくる女の子だったかな」

「和斗くんだから……」

とろけるような甘い声を耳にした直後、胸に柔らかい感触を押し付けられたのが分かった。凛香の顔だ。凛香が俺の胸に軽く顔を押し付けてきた。

これは確かに明るかったらダメだ。かなり恥ずかしくなる。

暗くて互いの顔が見えないからこそ、遠慮なく甘えられるのか。

一度息を深めに吸い込み、俺は凛香の頭をなで始める。

右手に感じる凛香の柔らかい髪が心地よく、一度の引っ掛かりもなく指の間を髪の毛がすり抜けていく。

これが女の子の髪……と、妙に落ち着いた気分で感触を堪能する。

「……ん、ふ……んっ……っ」

頭をなでられる度に凛香が気持ちよさそうな声を漏らす。

この時間がいつまで続いてくれるのかと、俺は無心になって凛香の頭を優しくなで続ける。

「すごく幸せ…………んっ……和斗くん……」

「…………」

「好き……本当に好き…………好き……」

「……」

「……もっと、もっとそばに…………」

延々と繰り返される呟《つぶや》き。

狂ったかのように呟く凛香は、ついに俺が着ているシャツの胸辺りを両手でギュッと掴み、意地でも離れないという意思を示してくる。

「和斗くん……ずっとそばに居て……。私の、そばに……」

「うん……」

「和斗くんが居てくれたら……私は………」

凛香の声が徐々に小さくなっていき、やがて安定した寝息が聞こえてくる。寝てしまったのか。

寝ているにもかかわらず、俺のシャツを掴む凛香の両手からは力が抜けない。

ここで凛香の寝顔を見たいところだが、俺の胸に顔を押し付けているので確認できなかった。

「すぅ……すぅ……すぅ……和斗くん……」

夢の中でも俺のことを考えているらしい。

これほど心を許した女の子らしい凛香を見ると、とても男嫌いと言われるクール系アイドルとは思えなかった。

「…………」

凛香の寝息が子守歌代わりになる。

俺と凛香の呼吸が自然と合わさり、徐々に瞼《まぶた》が重くなってきた。

変な感覚だが……好きな女の子がそばに居るというドキドキ感を味わいながらも、自然体でいられるような安心感を得ていた。心が充実している……と言えばいいのか。

今晩、俺と凛香は少し話をして、一緒に寝ただけだ。

それでも……自由に会えない俺たちからすれば、貴重な時間に変わりはなかった。

「……これで和斗くん人形がなければな…………」

暗闇の中、ぼんやりと浮かび上がる五体の和斗くん人形。そのつぶらな瞳から無機質な視線を感じ、俺は微妙な気持ちになってしまうのだった。

二章　これはヒロインレースですか？

My wife in the web game is a popular idol.

「頼む綾小路《あやのこうじ》！　一発だけ……一発だけ殴らせてくれ！」

「なんでだよ！　とにかく落ち着けって！」

「これが落ち着けるわけねーだろ！　に、にに、人気アイドルがお泊まりに来るとか……………うらやまけしからん！」

　朝の教室。皆が思い思いに過ごす空間の中、教室の隅っこに集まる俺たち三人は、いつものようにダラダラとした時間を過ごしていたはずだったのだが――。

「くそったれが！　どうして俺様には可愛《かわい》い彼女がいねーんだよ！」

「僕の計算によると、橘《たちばな》くんに彼女ができる確率は０％！　未来永劫《えいごう》彼女はできないね！」

「よっしゃー！　戦争だ斎藤《さいとう》ぉおおおおおお！」

　血涙を流すような勢いで叫んだ橘が、斎藤に摑みかかった。

　お前ら、本当に元気だな……。こっちはテンションが上がる心境ではない。

「ま、待つんだ橘くん！　決して悪意を持って言ったわけじゃない！　僕の完璧な頭脳が正しい未来を予測しただけで――」

「てめぇ！　それが遺言で構わねーかぁあああ！」

　怒り狂う橘は斎藤の両肩を摑んでグワングワンと前後に激しく揺さぶる。

筋力に差があるらしく、斎藤は一方的にやられていた。

しばらくそんな馬鹿なやり取りをして落ち着いたらしく、橘は斎藤を解放して荒れた息を整える。

「はぁ……はぁ……。でよー綾小路、話の続きを聞かせろよ。二人で寝た後、どうなったんだよ。朝起きた時にまたイチャイチャしたのか？　ぶっ殺す！」

「まだ何も言ってないだろ俺は。いいから落ち着けって……」

そもそも俺から話をしたわけではない。

橘がいきなり『うーす綾小路。最近水樹《みずき》とどうなってんだ？』と聞いてきたから昨晩のことを話したのだ。

そしたら、こうなった。理不尽すぎる。

「落ち着くんだ橘くん。僕も綾小路くんの話を聞きたい。朝起きた後、どんなイベントがあったんだい？」

「……とくに何もなかったよ。普通に二人で起きて……それくらいかな」

「ほんとか？　にしては顔が真っ赤だぞ！」

橘が顔を近づけて叫んでくる——おい唾が飛んできたぞ！

あと、俺の顔は赤くなっているのか。そんな気はしていた。

昨晩のベッドでのやり取りを何度も思い出してしまい、胸の高鳴りを抑えることができずにいる。

一線を越えるようなことはなかったが、所謂《いわゆる》イチャイチャをしてしまったのではないだろうか。

ていうか、あまりにも凛香《りんか》が可愛すぎた。あんなに甘えてくるんだな……。

以前は夫婦と言い張るものの、それ以上のことはなかった気がする。

けど昨晩は……暗闇限定ながらも身を寄せて素直に甘えてきた。

あー、ダメだ。顔が熱い。俺も雰囲気にやられて凛香の頭をなで回していたぞ。

俺が凛香の髪の感触を右手に思い出していると、斎藤がメガネをクイッと持ち上げた。

「綾小路くん。僕たちは友達だろ？　隠し事はナシといこうじゃないか」

「……そんなに朝のことが聞きたいのか？」

「聞きたいね」

「ピーマンやるから教えてくれ！」

「ピーマンはもういい……。と言っても、本当に何もなかったぞ」

起きた後、俺と凛香は目を合わせることができなかった。

互いに背を向けて『お、おはよう』『……おはよう、和斗《かずと》くん』と、極限の恥ずかしさの中での挨拶から始まっている。

それからも必要最低限の会話をするだけで、早朝のうちに凛香は帰った。

そのことを俺が説明すると、なにやら橘が体をプルプルと震わせ——爆発した。

「か————っ！　甘酸っぺ！　付き合い立てで一番楽しい時期じゃねーの、それ！」

「そうかな……？」

「そうだろ！　つーかよ、あのクール系アイドルがそんなにデレデレになるのかよ……。まじ考えらんねー」

そう言った橘が教室の前方に顔を向ける。

視線の先には、最前席に座る凛香の姿があった。

相変わらず背筋が伸びた綺麗《きれい》な姿勢で座っており、読書をしていた。

一人でいるのも日常のこと。凛香の場合は孤立というより孤高と呼ぶ方が正しい。

教室を見回せば、俺たち以外にも凛香を意識している生徒が男女問わず何人か居るのが確認できた。

それでも誰も凛香に話しかけようとしないのは、クール系アイドルゆえのオーラが原因だろう。

俺から見る凛香と、周囲から見る凛香には大きな違いがありそうだ。

「ちくしょー。まじで綾小路が羨ましい！……よし、俺様も彼女を作る！　椎倉《しいくら》ちゃんに告白するぜ！」

「椎倉ちゃん……？　あの椎倉ちゃんに告白だって!?　やめるんだ橘くん！　僕の計算に

よると、橘くんが振られる確率は90％だよ！」

決意の炎を瞳に宿す橘に、斎藤は顔を青くして首を横に振る。

「かなり絶望的な確率だな……」

そう呟いた俺に向けて、橘は自信ありげにニヤッと口角を上げた。

「だがよ、壁は高い方が燃えてくるもんだろ?」

「そっか……。ていうか、椎倉ちゃんって誰?」

「あぁ?　知らねえのかよ、一年二組の担任だ」

「先生かよ！　そりゃ無理だ！」

むしろ10％も成功の見込みがある時点で奇跡だろ。

「ちなみに椎倉ちゃんは結婚していて、中学生の娘さんがいるよ」

「子持ちの奥さん！」

「俺様は一向に構わねえ！　むしろ興奮する！」

「少しは構えよこのド変態！　告白しても絶対に失敗するだろ！」

「んなもん告白してみねーと分かんねえだろうが！　10％成功するんだぞ！」

「それは斎藤のでたらめな計算じゃん！」

「ひどいよ！」

「事実だろ！」

「うるせえ！」

俺たちに怒鳴った橘は、一度咳払《せきばら》いしてからキリッとしたカッコいい表情を浮かべる。

「とにかく俺様はやるぜ。男ならよぉ、やる前から諦めちゃダメなんだ」

………。

言っていることはカッコいいのに、やろうとしていることが社会のレールから外れている。

しかし、こうなった時の橘は止まらない。

我を失ったイノシシのように、ひたすら突き進むのだ。

もう自由にさせようか……。

と、俺は諦めの境地に立ちながら、やる気に燃える橘を半目で見つめるのだった。

☆

放課後の教室。生徒たちが教室から出ていく中、アイドル活動に励む凛香も急いだ様子で出ていく。

しかし教室から出る寸前、一瞬だけ振り返り俺の方を見た。

わずか一秒……いや一秒にも満たない。その一瞬だけ視線を交わした。

「…………」

普通の恋人なら一緒に帰ったり、放課後デートしたりするんだろうなぁ。

残念ながら俺たちには無理だけども。

あの初デートだって、かなりのリスクがあった。実際にバレかけている。

もう同じような真似《まね》はできないだろう。するとしても何かしらの策が必要になる。

凛香が変装するだけでは不十分なのだろうか。

俺はスマホを取り出し、昼休みに胡桃坂《くるみざか》さんから届いたメッセージを確認する。

『今日の放課後、例の場所に集合！』

胡桃坂さんからの招集。やはり来たか。

俺と凛香の仲良し大作戦の自称指揮官である胡桃坂さんは、こうして俺を呼び出しては根掘り葉掘り話を聞いてきたり、ぶっ飛んだ作戦を考案してきたりする。

「行くか」

胡桃坂さんは人気アイドルグループのセンターだ。きっと忙しい身だろう、あまり待たせるのも良くない。……忙しいはずなのに、この時間だけは確保してくるんだよな。

☆

屋上前の踊り場に到着する。すでに元気系アイドルの彼女は来ていた。

「カズくん！　来てくれてありがと！　待ってたよ！」

階段に座っていた胡桃坂さんが、ぴょんと弾むように階段から立ち上がる。明るい笑みを浮かべながら俺の手を握り締めてきた。

この壁を作らない明るく無邪気なノリが人気の理由の一つなんだろうな。ただ女慣れしていない男からしたら心臓爆発ものだ。……まあ俺は違うけど。凛香が居るし。

それに胡桃坂さんがどういう女の子か、すでに知ってしまっている。

簡単に言うと、センスが少し残念な女の子だ。

明るく元気なのが魅力で可愛いけど、時として勢いが先行して周囲を置いていくし、ネトゲでのキャラは筋肉ゴリラの獣人のオッサンで、名前は『シュトゥルムアングリフ』という舌を噛《か》みそうになる名前をしている。

もっと言うと『シュトゥルムアングリフ』は胡桃坂さんの飼い猫の名前だそうだ。ほんとなんでだ。

「カズくんとこうしてお話しするの久々だね！」

「そうだな……。それで、いつまで手を握っていられるのでしょうか」

「あ！　ごめんね！　つい……」

指摘されて気づいたらしく、胡桃坂さんは慌てて俺の手を離した。

「さてカズくん！　昨晩のこと、凛《りん》ちゃんから聞いたよ～。むふふ」

「むふって……」

胡桃坂さんが何か意味深な笑みを浮かべて俺に詰め寄ってくる。……やめて。

「凛ちゃんね、すごく嬉《うれ》しそうだったよ！　もう仲良しさんじゃなくてラブラブだね！」

「その、どこまで話を聞いたんだ？」

「カズくんに頭をなでてもらいながら寝たってところかな。え、それ以外に何かあったの？」

「何もなかったです」

「急に改まったね、カズくん……」

どうやら凛香は和斗くん人形のくだりについて何も言ってないらしい。

じゃあ俺も黙っておこう。言ったところで得になりそうなことはない。

「それでね、私から大切なお話があります！」

「大切な話？」

「うん。本日をもって……凛ちゃんと和斗くんの仲良し大作戦を終了します！」

「それはまた……どうして？」

「もう私の力は必要ないかなって思ったの。これ以上は迷惑になっちゃいそうだしね。あとはお若いお二人で……むふふ」

「なんか言い方がババ臭い」

「ド直球だね！　でもね、あまり私に介入されても嬉しくないでしょ？　だから、作戦を終了します！」

そう元気よく宣言する胡桃坂さん。

俺が口を閉ざしていると、胡桃坂さんは優し気な微笑を浮かべた。

「ありがとね、カズくん。凛ちゃんと幸せになってね」

「お礼を言うのはこっちだよ。……ありがとう、胡桃坂さん。本当に感謝してる」

「そ、そんな……。私は何もしてないよ。よく考えてみると、私は状況を引っ掻《か》き回しただけみたいだったし……」

「そうだな」

「肯定しちゃうんだ！　そこは違うよって否定するところじゃないの!?」

「冗談だよ。胡桃坂さんが居たから今があるんだ。本当に感謝してる」

「……ほんと？」

不安そうに尋ねてくる胡桃坂さんに、俺は自信をもって頷《うなず》く。

「もし胡桃坂さんが居なかったら、俺はネトゲ廃人のダメ人間でウジウジナメクジのままだったと思う」

「……ひょっとして、それを言われたこと根に持ってる？」

根に持ってないけど、少し気にしてる。

「俺、胡桃坂さんには本当に感謝してるんだ。それこそどう言い表したらいいのか分からないくらい」

「そ、そこまで言われると照れちゃうな……」

胡桃坂さんが恥ずかしそうに自分の頬を掻く。

俺の言葉に嘘偽《うそいつわ》りはない。断言できる。

胡桃坂さんの最後の後押しがなければ、俺は凛香《りんか》と向き合う決断ができなかった。

それだけ色々悩んでいたのだ。

凛香から寄せられるのが普通の好意であれば『嬉しいな。これは現実か？』と思えたが、夫婦までいくと現実的な悩みが生じる。

凛香が人気アイドルということと、俺自身のことも含めて。

「俺と凛香が付き合えたのは胡桃坂さんのおかげだよ。ありがとう」

「う、うん。どういたしまして………なのかな」

意外にも照れているらしい。

顔を赤くさせた胡桃坂さんが、チラチラと俺の目を見ては視線を逸《そ》らすを繰り返した。

「えと……じゃあね、カズくん！　また今度、三人でゲームしよ！」

半ば無理やりとも思える締めくくり方をした胡桃坂さんは、軽快な足音を廊下に響かせながら去っていった。

……ちょっと大げさにお礼を言い過ぎたかな、俺。

けど客観的に考えても、俺が覚悟を決められたのは胡桃坂さんの力が大きい。

何かの形でお返しができたらいいんだけどな。

☆

仲良し大作戦が終わったら終わったで、少し寂しかったりする。まるで胡桃坂さんとの縁が切れたように思えてしまうのだ。今後とも仲の良い友達でいたい。

そんなことを考えながら俺は校門を目指して歩いていく。周囲には誰も居ない。放課後の始まりを胡桃坂さんと過ごし、下校ラッシュに乗り遅れたようだ。まあ一人の方がいい。

静かな時間を過ごしつつ色々考えながら歩くのも楽しかったりする。

そうして校門を通り過ぎた直後のこと。

後ろから「ん、んぅっ！」と明らか俺に向けた咳払いが聞こえたので、何だと思いながらゆっくり振り返る。校門の壁に寄りかかるようにして——琴音《ことね》さんだ。琴音さんが立っていた。いつものように何を考えているのか分からない無表情にジト目……。

本人曰《いわ》くモブキャラ側の人間らしいが、俺としては凄《すさ》まじく濃いキャラだと思っている。

目が合うと琴音さんが挨拶代わりのように手を上げたので、俺も手を上げ返す。

「やあ、ファンなのに推しアイドルに手を出しちゃったよ（笑）男さん」

「それ効きすぎるからやめてくんない？　一応言っておくと、俺はアイドルの凛香も好きなんであって、凛香自身を好きでいるんだぞ」

「………ちっ。この惚気《のろけ》野郎めー」

「なんなの!?　俺が何かしましたか!?」

中々に酷《ひど》い。一応言っておくと、琴音さんと話をするのは久々である。

琴音さんと最後に話をしたのは……胡桃坂さんの下に案内された時だったか。

久々に出会ったと思ったらこれかよ……。

「どうかなー綾小路《あやのこうじ》和斗《かずと》。嬉しいでしょー？」

「えーと、何が？」

「こうして可愛《かわい》い女子に待ってもらえたんだよー。嬉しいに決まってるよねー」

「俺が来るのを待ち伏せしていたのか……。嬉しいどころか不審でしかないな。しかも俺、彼女持ちだし」

「………ちっ。この惚気野郎めー」

「別に惚気じゃないだろ。それに琴音さんは彼氏が居るんだろ？　立場は一緒じゃないか」

確か琴音さんは彼氏が居ると言っていたはずだ。そのことをおかしいとは思わない。特別目立つタイプの女子ではないけど顔立ちは整っている。変な発言を連発する難点もあるが、むしろそれは個性と言えるだろう。

琴音さんがモテる女子と言われても普通に信じられる。

「そーだね。私にはかっこいい彼氏が居るよー。頭が良くてー運動神経抜群でー、ロック歌手を目指してる彼氏が」

「なんか絵に描いたような理想男子だな。同じ学校？」

「残念だけど違うんだよねー。でも好きな時に会えるからそんなに寂しくないかもー。あ、私の彼氏、見る？」

見せてもらえるなら……そう思い俺は頷く。純粋に興味があった。

聞いた限りだと相当ハイスペックな男だ。どんな顔をしているのか気になる。

琴音さんはカバンからスマホを取り出し、何かしらの操作をしてから画面を俺に向けた。

「これが私の彼氏。かっこいいでしょー？」

「あ、あー……うん。か、かっこいいね」

「いまいちな反応だねー」

そりゃいまいちな反応になる。

だって……二次元キャラだし。

画面に表示されている男は、乙女ゲーに出てきそうなヴィジュアル系のイケメンキャラクターだった。マジの絵に描いた男子である。

反応に困っている俺を見て、琴音さんは鼻で「ふんっ」と笑った。

「つっこめよ。私が痛い奴《やつ》で終わるじゃんー」

「ガチなのかネタなのか、分からないってば」

「いやいや、ガチに決まってるでしょー?」

「そうだよな――って、ガチかよ！　つっこまなくて正解じゃん！」

反応に困るのが正常だった。

「言っとくけど二次元は三次元に勝るから。三次元は老いていく一方だけど、二次元は綺《き》麗《れい》な姿を維持したままだからねー」

「なるほど、一理ある。でも逆の考え方をしたら、三次元は好きな人と一緒に老いていける喜びがあると思うけどな」

「…………」

「…………」

「……ごめん、何か言ってくれないと恥ずかしい」

「綾小路和斗ってさ、意外と臭いことを言うよねー」

「くっ……」

琴音さんのジト目に胸が痛い……！

だが俺も少し恥ずかしいことを言ってしまったなーと、言い終わった直後に思った。

「ニャォオ」

「え？」

足元から猫の鳴き声が聞こえた。見下ろす。なんとも可愛らしい黒猫が俺の足にスリスリしていた。一体なんだ……？

普段から良い食事をさせてもらっているのか、毛並みはすごく綺麗だ。

体も至って健康的なサイズ。首には茶色の首輪が装着されていた。飼い猫らしい。

「んー、その子、シュトゥルムアングリフじゃんー」

「シュトゥルムアングリフ……？　あ、胡桃坂《くるみざか》さんの飼い猫か」

「そそ。奈々《なな》が飼ってる黒猫。奈々を迎えに来たのかなー？」

「そんなお母さんじゃあるまいし……。いやお母さんでもおかしいけど。よしよーし」

俺は屈《かが》んでシュトゥルムアングリフの頭をなでなでしてみる。

するとシュトゥルムアングリフが心地よさそうに目を細め、自ら俺の右手に頭を擦りつけてきた。……か、可愛すぎる。

「ひょっとして胡桃坂さんは猫を放し飼いにしてるのか？」

「違うよー。その子、脱走癖があるんだよねー。奈々が家に居ないタイミングを見計らって、自分で窓を開けて外に行くんだよー」

「すごいな、天才猫じゃないか」

「天才かはともかく、元野良猫だからねー。自由を追い求めて突き進むのさー」

「かっこよすぎだろ。でも家にはちゃんと帰るんだろ？」

俺がシュトゥルムアングリフをなでながら尋ねると、琴音さんが「まあねー。深夜までには必ず帰ってくるらしいよー」と言った。

「……変な名前をつけられたら、誰だって逃げ出したくなるよなぁ」

「奈々は良い子なんだけどねー。ちょっとセンスが……」

凛香と同じことを言う琴音さん。

やはり胡桃坂さんの周りにいる人たちは共通の認識でいるらしい。

「ンニャッ」

短く鳴いたシュトゥルムアングリフが、こてんと横になってお腹《なか》を俺に見せつける。あまりの可愛さに胸が熱くなった。

「ぐっ、可愛い……可愛すぎるぞ、お前……！」

「綾小路和斗もお猫様に魅了されちゃったかー。その子、メスなんだよねー……水樹《みずき》凛香に報告しよっ」

「別にいいけど、さすがの凛香も猫くらいじゃ気にしないぞ」

そう言いながら『いやダメかも？』と思ってしまう。かつて凛香はラノベの表紙に描かれたヒロインにまで嫉妬していた。嫉妬の対象が猫に及んでもおかしくない。

「はーい、お猫様没収ー。奈々の家に帰ろうねー」

「ニャォオ。……ゴロゴロ」

琴音さんに抱きかかえられたシュトゥルムアングリフが、ゴロゴロと嬉《うれ》しそうに喉を鳴らす。見ているだけで癒されるなぁ。

琴音さんに身も心も許した雰囲気といい、初対面の俺に擦りついて来たことから、かなり人懐っこい猫であることが分かる。可愛い。

「私は奈々の家に寄ることにするよー。それじゃあね、綾小路和斗ー」

無表情ジト目を崩さずに言った琴音さんは、シュトゥルムアングリフを抱きかかえたまま俺に背を向けて歩き出す。……もうちょっと触りたかったな。

またシュトゥルムアングリフと会える日が来るだろうか。

「ていうか、なんで琴音さんは俺が来るのを待っていたんだ？」

その答えを俺が知ることは永遠にないのだろう。そんな気がした。

☆

翌朝のこと。朝の教室に踏み込んだ俺は自分の席に向かおうとし、明らかな違和感を覚えて足を止めた。

「……橘《たちばな》？」

なぜか橘が、俺の席に座っていた。

それも誰がどう見ても落ち込んでいるのが分かるほどに、机に突っ伏している。

両肩が小刻みに震えていることから、泣いているのかもしれない。

「綾小路くん、少しいいかい？」

「斎藤《さいとう》。あれ、橘……」

教室の入り口で斎藤に話しかけられる。事情を説明してくれるらしい。

「どうやら昨日の放課後、橘くんは椎倉《しいくら》ちゃんに告白したようだよ」

「まじか。いや、橘なら本当にやるとは思っていたけど………まじか」

「結果は……見ての通りだね」

「成功しての嬉し泣きかもしれないぞ」

「橘くんがそんなキャラだと本気で思っているのかい？」

「………」

思わない。もし告白に成功していたのならその日の晩に電話をかけてきて、『おい綾小路！　ついに俺様にも彼女ができたぞ！　羨ましいか⁉　ぐわぁははは！』、と調子に乗ってくるはず。

もしくはぶっ倒れるまで奇声を上げながら町中を爆走するだろう。

「なんで俺の席に座ってるの？」

「さあ？　綾小路くんに励ましてほしいんじゃないかな」

「……近づいた瞬間、捕食されそうな気がする」

「ま、ここは友達として橘くんを支えようじゃないか。僕は橘くんのためにミルクピーマンを買ってくるよ」

「分かっ――――え、今なんて言った？」

聞き返すが斎藤の行動は早く、すでに廊下を歩いている。……ミルクピーマンって何？

気になるが、今は友達を優先しよう。

俺の席で消沈中の橘の下に向かい、恐る恐る声をかける。

「あー、橘？　大丈夫か？」

「…………………大丈夫に見えるか？」

「見えないです」

「ちくしょ……なんでだろうな。成功率10％もあったはずなのによー」

だからそれは斎藤の意味不明な計算で導き出された、あてにならない確率だ。

けれど、それを今の橘に言っても仕方ない。

机に顔を伏せている橘の肩に、俺は優しく手を置く。

「まあその、次に行こう。椎倉ちゃ――椎倉先生よりも魅力的な女子は他に居るさ」

「他に……居るだと？」

声を震わせた橘が、バッと勢いよく顔を上げた。……涙やら鼻水やらで顔がべとべとになっている。

「てめっ！　綾小路《あやのこうじ》……ッ！　椎倉ちゃんはなぁ……こんな俺様にも優しくしてくれる、すんばらしい女性なんだよ！　分からない問題があれば教えてくれるし、俺様が困った様子を見せれば、何でも相談してね、と優しく言ってくれるんだよぉおおお！　それなのに……先生と生徒は付き合えないし、私には夫と娘が居るの、とか意味不明なことを言いやがって……ッ！」

それは一般的かつ模範的な先生の振る舞いでは？　全然意味不明じゃない。

「なあ橘――」

「ぢぎじょ――！　一年の頃から……ずっと好きだったのによ……ッ！」

再び机に突っ伏した橘は、ついにグスグスと泣き始めた。

………。

そうか、本気だったのか。

橘という男は基本的に熱しやすく冷めやすい性格をしている。

高校一年の半ばからの付き合いになるが、ここまで落ち込む彼を見たのは初めてだ。

どのような言葉をかけていいのか分からず黙っていると、ピタッと泣き止《や》んだ橘が「ぐへへっへ」と不気味に笑い出した。

「橘……？」

「は、ははっ！　笑えよ、呆気《あっけ》なく振られた俺を笑えよ！」

「……」

「おらどうした綾小路！　笑えよ！　笑え！」

「笑うかよ」

「……え」

こちらの真剣な雰囲気を感じ取ったのか、橘はヤケクソな笑いを止めて俺の目を見つめる。

「橘は勇気を振り絞って、必死に自分の想《おも》いを伝えたんだろ？　立派じゃないか。それは笑うことじゃない、尊敬されることだ」

「綾小路……っ」

俺の場合、最初から成功が約束されているような告白だったが、それでも自分の素直な想いを伝えることがどれだけ難しいことか、よく知っている。

「橘。俺はお前を尊敬するよ」

「────ッ！」

先生に告白するなんて、一体どれだけの勇気が必要なんだろうか。

橘はふざけた言動が多いけれど、決してクズではない。むしろ根は良い男だ。

口が軽そうでいて俺と凛香《りんか》の関係を口外しないし、俺に羨ましいと言いながら本当に妬むことはない。

今まで通りの関係が続いている。言ってしまえば、明るい方面で素直な奴《やつ》なんだ。

「………綾小路。お前、ほんと良いやつだよな」

「な、なんだよ急に……。恥ずかしいじゃないか」

「あまり目立たねえだけでよ、普通にイケメンだし……。お前、まじイイ男だわ」

「やめろってば。なんかおかしいぞ、お前」

ふと、橘の瞳が儚《はかな》く潤み、頬がほんのり朱に染まっていることに気がつく。

なぜか照れ臭そうに俺から顔を背け、まるで恋に恥じらう乙女のような表情をしていた。

「俺よ、思うんだ」

「何を？」

「俺はこの先も一生モテねえ。どれだけ努力してもモテねえだろうよ」

「そんなことない。諦めるには早すぎるぞ」

そう俺が励まそうとしても、橘はゆっくりと首を横に振った。

「最後まで聞いてくれ。俺はよぉ、思うんだ」

「……」

「女にモテねえなら、いっそ男に走るのもいいんじゃねえかって」

……………。

は？

俺は、自分の耳を疑った。

「えーと、自分が何を言っているのか、分かってる？」

「もちろんだ。いや、今、分かった。運命の相手は、すぐ近くに居たんだと」

「えっ」

橘が、熱く情熱的な炎を宿した瞳で、俺の目を見つめてきた……！

直感的に。本能的に。

あらゆる意味で、イヤな予感がした。

「なあ綾小路……。水樹じゃなくて、俺を選んでくれないか？」

「――――ッ」
ウ　ソ　だ　ろ　。

☆

「綾小路……今日もいい天気だな」

「俺の心は曇ってるけどね、頼むから熱い視線飛ばすのやめて」

昼休み。今朝の波乱から始まった橘暴走編は未《いま》だに続いていた。

自席で大人しくしていた俺に、頬を染めた橘が近づいて来る。

別に橘が俺の席にやってくること自体がおかしいわけではない。いつもの日常。

俺、橘、斎藤の三人で過ごすのがお決まりなのだから。

「お前の心が曇ってるなら、俺様の燃え上がる恋の炎で晴らしてやるよ」

「わー、炙《あぶ》り殺されそー」

「ちょっと隣失礼するぜ……」

いつものように橘は近くの椅子を借りて、俺の机に弁当を広げる。斎藤も同じく。

俺たち三人は机を囲み昼休みを過ごそうとするが、やはり橘の振る舞いが異様だった。

なんていうか、無駄にキリッとしている。

絶対にかっこつけている。それも俺に対して…………ッ！

「綾小路、その弁当は……水樹《みずき》の手作り弁当か」

「ああ」

「実は俺様も……料理、できるんだぜ」

「だから何だよ」

「掃除もできるし、綾小路の趣味に理解もある」

「それ何のアピール？　怖いからやめてくれ……！」

「あ、そうだ綾小路くん。先月僕が貸したラノベなんだけど――」

「よくこの状況で普通に話せるよな！　俺と橘のやり取りを聞いていたか!?」

「もちろん。橘くんが綾小路くんに惚《ほ》れたんだよね？」

「聞いていて理解もしてるのかよ！　お前の順応性はどうなってるんだ！」

「おい、俺様をそっちのけにしてイチャイチャすんなよ……」

橘は拗《す》ねたらしく、不満げに唇を尖《とが》らせた。全く可愛《かわい》くない……ッ！

全てを遮断するべく俺は凛香の手作り弁当に集中する。

今日は一緒に昼休みを過ごす予定ではないが、凛香が『夫のお昼を用意するのは妻として当然よ』と言い張り、今では凛香が登校する時は必ず用意してくれている。

本当は共に昼休みを過ごしたいところだが、そう何度も二人で教室を抜け出し、旧校舎に向かっては、誰かにバレるリスクがある。

自然と噂《うわさ》が立つ可能性もあるだろう。

だからこうして、たまに俺と凛香は別々に昼休みを過ごしていた。

……。

と、俺は現実逃避するように考えてみる。

「なあ綾小路。俺たちよ、結構長い付き合いになるよな」

「そ、そうだな……。高一からだよな」

「だろ？　それで思うんだよ、そろそろ俺たち……愛称で呼び合ってもいいんじゃないかって」

「愛称？」

「僕の計算によると、ニックネームのことだね！」

「その補足いる？　どや顔やめてくれ」

あと俺を助けてくれ。どうして斎藤《さいとう》は当たり前のようにしていられるのだろうか。

「どうよ綾小路」

「んーまあ……それぐらいなら、いいんじゃないか」

「そうか！　じゃあこれから俺様のことは『たっちゃん』と呼んでくれ！」

「た、たっちゃん……」

「綾小路のことは、『あやたん』って呼ぶからよ！」

「ぐぅぅっ!!　や、やめろ！　本当にやめろ！　吐き気がするくらい鳥肌が立ったぞ！」

「んだよ。じゃあ……『かずたん』でいいか？」

「違うそうじゃない！　『たん』をやめろって言ってるんだ！」

「そんな……ッ！」

まるで最愛の人に拒絶されたかのようなリアクションをする橘《たちばな》。

そして斎藤がメガネをクイッと持ち上げて言う。

「『あやたん』くん、いいニックネームだと思うよ」

「分かった、斎藤、お前楽しんでるな」

俺が本気で睨《にら》んでやると、斎藤が顔を寄せて囁《ささや》いて来る。

「こうなると橘くんは止まらないよ。好きにさせてあげたら、そのうち目を覚ますさ」

……………本当かよ。

そう言われるとそんな気もするけど、当事者からすれば不安でしかない。

「綾小路……そんなに俺様のことが嫌か？」

「嫌っていうか……まあその、困惑？」

「その気持ち、分からなくもねえ。俺様も最初は戸惑った……これが本当の恋か、とな」

「多分全然分かってない。悪いけど俺は凛香以外を選ぶつもりはないぞ」

「くそ！　やはり人気アイドルには勝てねえのか……ッ！」

「そういう問題でもないけどね！」

橘が悔しがるが、俺からしたら当然の結論だ。

仮に橘が絶世の美女だったとしても、俺は凛香を選ぶ。

選ぶというより俺には凛香しかいない。

「…………？」

チリチリと首筋に鋭く冷たい何かを感じた。

これは――殺意？

これまでの人生で殺意を感じたことはないが、そうとしか思えない感覚だった。

俺は顔を上げ――最前席に座る、凛香と目が合った……ッ！　やっぱり！

凛香は目つきを恐ろしいほど鋭くさせ、ゴゴゴゴゴゴという漫画的な効果音が出そうなほど憤怒のオーラを全身から奔出させている。幻視だろうが、あまりの怒りに髪が逆立っているようにさえ見えた。

「あやたん……ほら、あーん」

その瞬間、俺は以前見た最悪の夢を思い出す。

「やめろ死ぬわ！」

「んだと！　俺様のピーマンに毒が入ってるとでも言うのか！」

「そうじゃない！　包丁でぶすっとされるんだよ！」

「何言ってんだお前………」

ピロン♪とズボンのポケットから通知音が鳴る。スマホだ。

俺はごくっと喉を鳴らし、スマホを取り出して確認する。リンだ。

『浮気してるの⁉　それも堂々と教室で⁉』

や、やばい――――！

慌てて返信する。

『違う！　これにはわけがあるんだ！』

『信じられない！　私に好きって言ってくれたのに……。他に女を作るなんて‼』

『女じゃなくて男だ！……男も作ってないけどね‼』

『男か女か、そんなの関係ないもん！　愛に性別は関係ないんだから！』

ハッとさせられる俺。愛に性別は関係ない………なんていい言葉なんだろう、って思った俺は少しおかしくなっているのかもしれない。

『和斗《かずと》くん！　放課後、旧校舎に来てね！　もちろんその泥棒猫も連れて‼』

お、おいおい。どえらいことになってきたぞ！

放課後、どうなってしまうんだ‼

「綾小路《あやのこうじ》くん！　僕の計算によると、これはヒロインレースだね！」

「やかましい！　一人男だろうがッ！」

☆

「じゃあ水樹！　綾小路が頭と体、どっちから洗うか知ってんのか!?」

「もちろん頭よ！　ついでに言うと、黒い平原のオープニングを歌いながら体を洗っているわ！」

「やるじゃねえか！　ちなみに綾小路はうろ覚えなのか、途中からふんふ～んと誤魔化しながら歌っている！」

「なんで知ってるの!?　今すぐ警察呼ぶぞ！」

俺の全力の叫び声が旧校舎の教室に響き渡る。

しかし橘と凛香《りんか》は気にせず激しい口論を続けていた。……なんでこうなるんだよ。

放課後、凛香に呼ばれた俺は橘と共に旧校舎に向かった。

そして鍵のかかっていない教室に入り、凛香が来るのを待ち、ついに凛香が教室に現れたかと思えば――――『この泥棒猫！　私の夫に手を出さないでくれるかしら！』『けっ！残念だがあやたんの隣に立つ資格があるのは俺様だぜ！…………ん、夫？』と、世にも奇妙な展開が始まってしまったのだ！

「和斗くんと私は四年前からの付き合いなの。あなたのようなポッと出の男が割り込める隙間なんてないのよ」

「だがリアルでの付き合いは二ヶ月もねえだろうが！　そこにくると俺様とあやたんは高

一の頃からの付き合い……水樹には絶対に埋めようのない期間があるんだぜ！」

「それはどうかしら。ネトゲでの付き合いはリアルに勝るわ。私と和斗くんは余計な情報を一切削ぎ落した純粋清らかな世界で絆《きずな》を育み、結ばれたの。リアルでの付き合いが何よ」

「リアルの方が上だろうがよ！　つーか、夫ってなんだ！」

「私と和斗くんは結婚しているのよ」

「はぁ？　何言ってんだ。お前ら高校生だろうが！」

「ええ。でもネトゲでは結婚しているの。それはつまり、リアルでも夫婦ということでしょう？」

「…………確かに！」

納得しちゃった！　なんでだよ！

凛香の全てを受け入れると宣言した俺が言うのもおかしいが、一般的に考えて凛香の考え方は常軌を逸している。すぐに理解できるわけがない！

顔をしかめた橘が、「まじかよ……。夫婦なら俺様の勝ち目が薄いじゃねーか」、と苦しそうに呟《つぶや》いた。いや、勝ち目が薄いとかないから。微塵《みじん》も勝ち目ないから。

「これで分かってもらえたかしら。和斗くんの隣に居る資格があるのは、この私、水樹凛香よ。…………いずれ綾小路凛香ね」

凛香は優位な立場を見せつけるように、余裕ぶった態度で髪をかきあげる。

さすがの橘も諦めるかと思いきや、何かしらの突破口でも見つけたらしく、ニヤリといやらしい笑みを浮かべた。

「水樹《みずき》はあやたんのお嫁さんなんだよな？」

「そうよ、何度も言わせないで。私、無駄な時間と無駄話は嫌いなの」

凛香の圧倒的に突き放す冷たい言い方。

もし俺がこんな言われ方をしたら一週間は落ち込む。

だがそこは橘。一切怯《ひる》むことなく果敢に立ち向かう。

「ていうことはよ、あやたんとキスしたんか？」

「え、あ…………キス？」

「おう、キスよ、キス！」

「……ネトゲで結婚した時に、したわ」

「リアルでは？」

「…………して、ないわ」

先ほどまでのクール系アイドルらしい自信に満ちた雰囲気が一瞬で消え去る。

今の凛香は橘を正面から睨むことができず、自信なさそうに床を見つめるだけだった。

一方、橘は勝ちを確信したように誇らしく笑って畳みかける。

「じゃあ、あやたんとはどこまで進んだよ！　リアルで！」

「…………手を、繋《つな》いだわね……」

「おいおい！　手を繋いだだけ？　よくそれでお嫁さんを名乗れるよなぁ！　普通よぉ、夫婦ならもっと色んなことしてんだろ！」

「色んなことって、何よ……………」

「そりゃもう、色んなこと！　キスの先だろうが！」

「──────ッ！」

凛香は何かを想像したらしい。ボッと急速に顔を赤くさせ、目を泳がせた。

およそクール系アイドルとは思えない動揺。漫画なら頭から湯気が出ていそうだ。

凛香は何か言い返そうとしているが、その震える唇からは「……あ、や……ぅ」としか発せず、何も言葉を紡げないでいる。

「くく、勝負あったな！　俺様の勝ちだ！　おいあやたん！」

「……何？　てか、あやたんやめろ」

「付き合ってくれ！」

「むり」

「なんで！」

「説明が必要か？　本当に説明が必要か？」

「毎日ピーマンごちそうしてやるから！」

「そこになんのメリットがあるんだよ！　ピーマンピーマンうっせぇわ！」

「ピーマン……うっせぇ…………ッ！」

俺の言葉が強烈な一撃となったらしく、橘《たちばな》はショックを受けた表情を浮かべて膝から崩れ落ちた。ピーマンが決め手かよっ。

「なぜだ………なぜ俺様が振られる……ッ!?　なぜピーマンが拒否られた……！」

「た、確かに私と和斗くんは夫婦よ？　でも、心の準備が……。それに、まだ和斗くんのご両親に挨拶をしてないし………」

心底悔しがる橘と、顔を真っ赤にして独り言を繰り返す凛香。

………え、なにこの状況。

徹頭徹尾、最初から最後まで理解が追い付かない。

もう自分が何に巻き込まれているのか分からなくなってきた。分かりたくもない。

だがここで俺がハッキリと宣言しておいた方がいい気がする。

「橘がダメとか、そうじゃない。俺には凛香しかいないんだ。他の誰に告白されようと、俺は凛香以外に見向きはしないぞ」

「そ、そこまでかよ……！」

俺の真剣な言葉に、橘は目を大きく見開いて愕然《がくぜん》とする。

一方で凛香は、「か、和斗くん……！」と感動して目を輝かせていた。

ここまで意味不明な展開に流されてきたが、いい加減決着をつけよう。

「橘。俺はお前を友達として尊敬しているけど、恋愛対象としては見れない」

「………」

何も言わなくなった橘は、床をジッと睨《にら》んで時間が過ぎるのを待つ。

やがて何かを決心したらしく、顔を上げてとんでもないことを言い始めた。

「あやたん……んや、綾小路。お前の気持ちは分かった。俺様は潔く身を引くことにするよ」

「そ、そっか……」

「でもよ、踏ん切りをつけるために……お前らのキスが見たい！」

「……え？」

「なんつーかよ、お前らがイチャイチャするところを見りゃあ、明日を見れそうな気がするんだ」

一体どういう思考の果てに、そんな結論に至ったのか。

俺は頭を抱えて嘆きたくなるが、ここは橘に従うのが手っ取り早い解決方法かもしれない。となると、俺が凛香とキス？　マジか…………!!

「よー水樹。それでいいか？」

「い、いいわけないでしょう！　今からキスなんてそんな……！」

依然として顔が赤い凛香が、チラチラと恥ずかしそうに俺を見てくる。

「お前と綾小路は夫婦なんだろ？」

「え、ええ。夫婦よ」

「んで、ネトゲはリアルよりも純粋な世界なんだろ？　そんな世界でキスしたんだからよー、リアルでもチュッチュチュッチュッできんじゃねーの!?」

「そ、そんなの――――」

「キスもできねぇなら、そりゃ夫婦じゃないぜ」

「――――ッ！」

ハッとさせられたように、凛香の目が大きく開いた。

「どうよ？　キスできねえのか？」

「で、できるわよ……。私たちは夫婦ですもの。キスくらい……！」

調子に乗った橘の煽《あお》りを受け、凛香は懸命に強がってそんなことを言う。

………手を繋ぐのが精一杯ですよ、俺たちの関係は。

まあ暗闇であれば以前のようなことも可能かもしれないが。

「キスしてみろ！　ほらキスしてみろ！」

「う、うるさいわね……」

そこまで煽られては凛香も引き下がれない。

凛香が俺の下に歩いて来たかと思うと、赤面のまま目を固くつむり――――。

「ど、どうぞ……和斗《かずと》くん………！」

と、ぷるぷる震えながら顎をクイッと上げた。

緊張からか、胸元まで上げられた両手が、ぎゅっと握りこぶしになっている。

これは噂《うわさ》に聞く――――キス待ち顔!!

緊張やら恥ずかしさやらで真っ赤になった顔、ぎゅっと固く閉じられた目、不安げに力強く握られた胸元のこぶし………全てにおいて可愛《かわい》かった。

……して、いいのだろうか。

こんな形で初めてのキスを……。

そう思い俺は橘に視線を飛ばす。目が合った。

すると橘は肩をすくめて「やれやれ」と首を横に振った。

「へへ、俺様の完敗だ」

「………は？」

「そんなクール系アイドルの顔を見せられちゃあよ、負けを認めるしかねえや。綾小路《あやのこうじ》、水樹にそんな可愛い顔をさせられるのは、お前しか居ねえ。そして綾小路の心を動かせるのは水樹しか居ねえ」

「橘……」

「……ふっ、どうやら俺様ははなっから勝ち目がなかったようだな」

「俺、最初から言ってたけどね。凛香《りんか》しか居ないって」

「お前たちの結婚式、俺様も呼んでくれよな。最高級のピーマンをウェディングケーキに添えてやるからよ」

「ただの嫌がらせじゃん」

俺はジト目で橘を睨んでやるが、橘は気にせず晴れやかな表情を浮かべた。

「やっぱ女の子って可愛いよな。付き合うなら断然女の子だぜ。目が覚めた気分だわ」

「俺は悪夢から目が覚めた気分だよ」

混じりっ気のない本音である。

「じゃあな、綾小路。今日のことは忘れてくれ。もうちょい椎倉《しいくら》ちゃん粘ってみるわ」

「素直に応援できないんだけど」

それだけ言うと橘は旧校舎の教室から去っていった。ほんと、なんだったんだ。

「ん…………和斗、くん…………？」

凛香は未《いま》だに目を固く閉じ、口先を軽くつぼめてキスを待っている。

これ、どうしたらいいんだ…………。

もう少し雰囲気というか過程を大切にしたい。

というより、キス待ちの凜香が可愛くて、ずっと眺めていたかった。

「か、和斗……くん？」

目を開けた凜香が、不思議そうにパチパチと目をしばたたく。

その様子は『キスはまだ？』と言いたげだった――。


結局、その後すぐ凜香のスマホが鳴り、凜香は急いで帰宅してしまう。

人気アイドルに暇な時間はないということらしい。

そしてもう一つ………。

後日、校内で『水樹凜香と橘が、綾小路和斗を巡って熾烈《しれつ》な争いを繰り広げた』と、嘘《うそ》としか思えない本当の噂が流れた。

幸い、殆《ほとん》どの人は信じておらず、ネタ感覚で聞いているようだったが……。

それでも、まあ……。

これからは、もっと自重しようか……本当に（泣）。

三章　不意打ちの……

My wife in the web game is a popular idol.

うだるような暑さを感じる今日この頃。家から学校に行くまでの道のりで汗をかき始める。普段ネトゲしかしていない俺には体力的に辛《つら》い時期となっていた。

ちょっとした思い付きで『運動始めてみようかな？』と思うことはあれど、実際に始めることはない。それがこれまでの俺だったが、今は少し違う。

アイドル活動に励む凛香《りんか》を見ていると、俺も何か頑張りたい、という気持ちが芽生えてきていた。

「おい聞いてるのかよ綾小路！　もうじき夏休みだぞ！」

「そうだなー」

「夏休みっつうことはよ、水着だよな！」

「そうだなー」

「くぅ～！　可愛い女の子の水着姿、今年も拝みたいぜ！」

……よかった、いつもの橘《たちばな》だ。

数日前、あんなことがあったから不安だった。

どうやら橘が俺に惚《ほ》れるという恐ろしいイベントは一日限りだったようだ。

「三人でプールに行こうぜ～」

「いいね！　でも僕は泳げないよ！」

「ばか！　泳ぎに行くんじゃねえよ！　女の子の水着姿を拝みに行くんだろうが！」

欲望に忠実過ぎるだろ……。そういえば俺、誰かとプールに行ったことないな。プールに限った話じゃないか。

「綾小路くんは水樹《みずき》さんと予定あるのかい？」

「まだ決まってないな」

「僕の計算によると、水樹さんが忙しい確率は92％。中々遊びに行けないだろうね」

「そうだな……」

仮に凛香に暇ができたとして、二人でどこかへ遊びに行くのは難しい。

一緒に遊ぶとしてもネトゲくらいだろう。

……まあ同じ家に住むことができれば話は別だと思うが。

「どうせ夏休みの間、イチャイチャするんだろうなーてめえらは！」

「なんだよ、いきなり」

「人気アイドルが毎日お泊まりに来てよー！」

「さっき斎藤《さいとう》が言ったけど、凛香は忙しいんだ。毎日は無理だろ」

凛香が以前泊まりに来たが、それも一回だけだった。

実は何度も俺の家に泊まりに来ようとしたらしいが、幹雄《みきお》パパに止められたらしい。

当然か。それが常識というもの。

「綾小路も大変だよなー」

「何が？」

「彼女と自由に遊べないこと」

「あー……」

「最初は羨ましいーと思ったけどよ、人気アイドルが彼女だと何処《どこ》にも遊びに行けねーじゃん」

「それも覚悟の上で俺は凛香に告白したんだ。仕方ないさ」

遊びに行けなくても俺たちにはネトゲがあるし……。

ていうか俺、インドア派だし……。

「夏休みかー」

なんとなく呟《つぶや》いてみる。去年はどんな感じで過ごしたんだっけ。

ほぼ毎日ネトゲだった気がする。ていうか毎日四六時中ネトゲだった。

橘、斎藤と本格的に絡み出したのも、夏休みを終えてからの時期だったしな。

……今年の夏休みは、どうなるんだろう。

考えるまでもない。基本、自室でパソコンに向き合う時間を過ごすに違いない。

☆

学校から帰ってきた俺は、迷わず自室に向かってパソコンを起動する。

『黒い平原』を立ち上げ、ロードしている間に着替えをすませた。素早く無駄のない忍者のような動きだと思う。もし競技化できるなら優勝は固い。我ながら無駄なスキルを磨いたものだ。

席に着きマウスを握ったところで、スマホから着信音が鳴った。

直感的に凛香だと思い電話に出ると、やはり凛香だった。

「どうしたの?」

「和斗《かずと》くんの声が聞きたかったの。あと、今度の土曜日の予定が聞きたくて……」

「一日中ネトゲする予定です」

「即答したわね。和斗くんらしい過ごし方だとは思うけれど。私は夕方から時間が確保できそうなの」

つまり夕方から一緒にネトゲをしよう。そういうお誘いか。

「せっかくだし和斗くんのご両親にご挨拶をしたいわ」

あー、うん。なるほど、なるほどね。そっちか。

これは……うーん。どうしたものか。普通に悩む。

俺の沈黙から凜香は何かを察したらしく、俺の気持ちに寄り添うような丁寧な喋《しゃべ》り方で話しかけてくる。

「そうよね、和斗くんも悩むわよね」

「まあ、な」

「結婚を先にしたんですもの。どうご両親に説明したらいいのか、考えてしまうはずだわ」

「そういうことじゃないんだけどね、いやいいんだけど」

やはり悩みの方向性がズレていた。

もはや説明の必要すらないことだが、凜香にとって俺たちが夫婦なのは疑う余地が一切ないほどの事実である。今さら驚くことではない。

「ちゃんとご挨拶しておかないと失礼だわ」

「んー……。分かった、いいよ」

夫婦はともかく、彼女を親に紹介するのはそんなにおかしく……ないか?

彼女が挨拶したいと言うのなら何も拒む必要はない。

しかし、普通の親の立場で考えると、どうなんだろう。

自分の息子が『彼女を紹介するよ！』と言って、人気アイドルを連れてきたら……。

うん、腰を抜かすだろうな。

さらに人気アイドルが『私と彼は夫婦です』なんて言い始めたら卒倒間違いなしだ。

「今度の土曜日、和斗くんの家に行くわね」

凛香のその一言で電話が終わる。俺はパソコン画面に表示された『黒い平原』のメニュー画面をジッと見つめ、ゲーム終了ボタンをクリックした。……ネトゲをする気分になれないな。

親に凛香を紹介する、そのことは良い。

問題は、俺の親がそのことに興味があるのかどうか。

「……ないだろうなぁ」

☆

土曜日の夕方、予定通り凛香が俺の家に来た。タクシーで。

高校生が当たり前のようにタクシーを利用するのは素直にすごいことだと思う。これが人気アイドルの力（お金）なのか……！　ちなみに凛香の服装は夏物らしいロングワンピース。可愛《かわい》い。

「和斗くんのご両親は不在なのね。いつ頃帰ってくるのかしら」

「……いつになるんだろうな。一応今日のことは伝えているんだけど」

「私から押しかけているし、いつまでも待つわよ」

「ごめん」

「謝る必要ないわ。こうして和斗くんと二人だけの時間を過ごせるのだから」

そう言うと凛香はソファに腰を下ろし、ほぅっと息を吐く。

夕日が差し込むリビング内はとても静かで、二人だけの空間であることを強く意識させられた。

「和斗くんは座らないの？」

「あ、あぁ」

凛香に促されて俺もソファに腰を下ろす。

俺と凛香の間に若干の距離があったことが凛香にとって不服だったらしく、スススッと移動して俺の隣にピッタリと座り直した。肩同士が触れて少し照れ臭くなる。日を追うごとに凛香の行動に躊躇《ためら》いがなくなっている気がした。

「そういえば和斗くんからご両親の話を詳しく聞いたことがなかったわ。確か、共働きで深夜にならないと帰って来ないのよね？」

「あー、それくらいしか言ってなかったな」

俺の記憶では、凛香が初めてお嫁さん宣言した後くらいに教えたはずだ。……咄嗟《とっさ》の言い訳みたいなものだけど。

「どんなご両親か、聞いてもいいかしら」

「話すほどでもないよ」

「和斗くん……？」

今の言い方は素っ気なかった。不自然に感じたらしい凛香が、俺の顔を覗《のぞ》き込んでくる。

「あまり話せることがないんだ、ごめん」

「……そう」

それを最後に会話が途切れる。こちらが一方的に会話を遮断してしまった分、居心地の悪さを感じてしまう。凛香は何かを察したらしく、両親について追及することなく口を閉ざした。申し訳なく思う一方で助かる気持ちがあるのも事実。なんにせよ俺の両親が来てくれたら面倒事はないのだから。

「和斗くん」

「ん？」

「膝枕をしてあげるわ」

「……？」

いきなりの嬉《うれ》しい申し出に困惑し、何事かと思って凛香の顔を見てみる。いつもの可愛らしい涼し気な表情を浮かべていた。

「なんで膝枕？」

「なんとなくよ」

「なんとなく…………」

「私は和斗くんに甘えたいし、甘えられたいの。そして今は和斗くんをヨシヨシしたい気分よ」

「ヨシヨシ、ですか」

「ほら、おいで」

凛香《りんか》が自分の膝をポンポンと叩《たた》いて、頭を置けと促してきた。……純粋に恥ずかしい。

以前凛香と同じベッドで寝たが、それとはまた違う恥ずかしさだ。

甘えられるのと、甘えるのとでは大きな差がある。

凛香は恥ずかしくないのかと思うが、様子を見るに平然としている。膝枕は許容範囲らしい。

「和斗くん？」

「それでは……失礼します」

「何をかしこまっているのかしら、ふふ」

おかしそうに凛香が小さく笑う。その些《さ》細《さい》な笑顔にさえドキッとさせられた。

俺はゆっくりと体を傾け、凛香の膝に頭を置く。

側頭部に感じる柔らかい感触が、嫌でも鼓動を速くさせた。

少しでも落ち着こうと、家の壁を見つめて気を紛らわせることにする。

「和斗くん。私の顔を見てくれないの？」

「恥ずかしいので遠慮します」

「それは悲しいわね。私は和斗くんの顔を見たいのに……」

そう言うと、凜香が俺の頭を優しくなでてくる。膝枕となでなでの最強コンボ。

女性らしい柔らかい手が、優しく何度も俺の頭を往復する。

なんて心地良さだろうか。何よりも心が溶けていくような安心感がすごい。

「和斗くん、可愛い」

「可愛くない……」

「可愛い、本当に可愛いわ。和斗くんの頭をなでる度に愛《いと》おしさが増していく……。あ！

そうだわ、試しにバブーって言ってもらえる？」

「それ可愛いの方向性が違うだろ」

「いいから言ってみて」

「バブー」

「…………」

「…………」

「…………」

死ぬほど後悔した。

凛香に頭をなでられながら微妙な空気を感じ、いたたまれない気持ちになる。

やがて――――。

「……なんて可愛いのかしら」

「え？」

「頭の中が真っ白になるくらい、すごく可愛かったの……！　和斗くん可愛すぎよ！」

「……」

珍しく興奮する、なんちゃってクール系アイドルの女の子。

俺の彼女が幸せそうで何よりです。

☆

ふと目を覚ます。我が家の天井を背景に、何とも言えない無表情の凛香の顔が視界に映り込んだ。どうしたんだろう。

疑問に思いながら、後頭部に感じる弾力で自分が膝枕されていることを思い出す。

「あら起きたのね」

「……俺、寝ちゃってたのか。今何時？」

「21時よ」

「まじか……」

「和斗《かずと》くんのご両親は、まだ帰って来ていないわね」

「…………」

体を起こし、ソファに座り直す。テーブルに置いていたスマホを手に取り、メッセージアプリを起動して父親と俺のトークルームを確認した。俺のメッセージが最後になっており、既読すらついていない。……ほんの少しだけ期待していたんだけどな。

「和斗くん、いいかしら」

「うん……」

「ご両親は休日も働いているのかしら」

「分からない」

「分からないって……。ご両親と、どうなってるの？」

直球だった。何も遠慮することなく、凛香は俺の目を見据えて聞いてきた。

今回ばかりは誤魔化しようがないことを雰囲気から察する。

それでも俺が口を閉ざしていると、凛香の方から仕掛けてきた。

「前から気になっていた点がいくつかあるの。聞いてもいいかしら？」

それは、貴方《あなた》の心に踏み込む、という紛れもない合図。

何も話せそうにない俺を見て、凛香は自分から聞くことにしたらしい。

「まず一つ。和斗くんがご両親のことを何も言いたがらないこと」

「……そんな、おかしいことかな」

「一般的な男子高校生なら、恥ずかしく思ってあまり話したがらないかもしれないわね。けれど、和斗くんは私の家に来た時……たまに、私の家族を見てどこか羨ましそうな目をしていたわ」

「………………」

していただろうか、覚えていない。

「お姉ちゃんがあまり帰って来ないと、私が言った時が分かりやすかったわね」

「あー……」

なんとなく思い出す。あれは香澄《かすみ》さんが帰ってくる少し前のことだ。

確かに凛香は『家族を愛してるんだなぁ』と感慨深い気持ちになった記憶がある。

「あとは、この家ね」

ソファから立ち上がった凛香が、軽くしゃがんでテーブルにそっと指先で触れる。

「少しホコリがついているわね」

「いきなりの小姑《こじゅうと》ですか？」

「このリビングを見て何も思わないの？」

「何も。普通だろ」

「そう、それが和斗くんの普通なのね。もう言ってしまうけれど、全く生活感がないわ。最低限の家具が置かれているだけで、人が住んでいるような気配が感じられないの。普通、誰かの私物や家族の趣味が分かりそうな何かが置かれているものよ。整理整頓が徹底された家庭なら別でしょうけど、それならテーブルにホコリがついていることがおかしいわ」

「まるで探偵みたいな喋《しゃべ》り方だな……」

多分、凛香はずっと違和感を覚えていて、俺に聞くタイミングを窺《うかが》っていたのだろう。だからこそ爆発したように質問を畳み掛けてくる。

「キッチンの方も軽く確認したわ。誰も使ってないわよね？　炊飯器とコップがたまに使われている様子があったくらいよ」

「まあ、うん……」

そこまで言われて、リビングをぐるっと見回す。言われてみれば凛香の家と比べて殺風景だな〜とは思った。一般的な家のリビングに、ソファ、テレビ、テーブル……などがあるくらい。でも生活に困りそうな感じではないよな。それに俺の部屋は汚いし。

「冷蔵庫の中、見てもいいかしら」

「いいけど、なんで？」

「冷蔵庫を見れば、ある程度その家庭が分かるのよ。花嫁修業している間に知ったことだけど」

冷蔵庫に向かった凛香は、ゆっくりと扉を開けた。

そして、言葉を失う。

「……和斗くん、これ…………」

「そんなにおかしかった？　ちゃんと食べ物は入れてあるぞ」

「そう、ね。卵一パック……だけが入ってるわ」

卵は生活に欠かせない食料だ。ゆで卵にしてお弁当にできるし、卵かけご飯にすれば至高の一品に化ける。ニワトリを飼うか悩むくらいには卵が好きだ。

「凛香の言いたいことは分かるよ。ちゃんとした料理を食べろってことだろ？　俺も分かってるんだけど、めんどくさいというか……。暇があるなら凛香のライブ動画を観《み》るか、ネトゲをしたいんだよな」

「私が言いたいのは、そういうことじゃないの」

凛香は振り返り、俺の目をジッと見つめて言葉を続ける。

「和斗くんのお母さんは、今、何をしているの……？」

「さあ？　多分仕事してる」

「お仕事が忙しいのね……。それでも少し変よ。あまりにも家のことに興味が……ええ、興味がなさすぎる。冷静に考えて、卵だけで過ごそうとする息子を放置するのは変よ。和斗くんのお母さんなのに……」

「あー、いや……ちょっと違うんだ」

「違う？」

「今の母親は父親の再婚相手というか……実の母親は、俺が小四の時に事故で亡くなったんだ」

☆

俺の両親がどんな仕事をしているのかは知らない。

子供の頃の俺が聞かされたのは、『社会に役立つお仕事』とのこと。

両親は子供の俺に説明しても分からないと判断したのだろう。

もしくは説明するのがめんどくさかったのか。

ともかく、俺はそれ以上のことは聞かされていない。

子供ながらに頭が良い人たちなんだろうな～と思ったくらいだ。

実際、俺が不自由しない程度のお金をポンと簡単に渡してくるので、それなりに裕福な家庭なのかもしれない。

まあ今では渡されるお金のほとんどがネトゲに消えていくが……。

しかし両親が大切にしているのは仕事で、わが子に関しては放任主義。

自由に元気よく育てよ～というノリなのか。

俺なりに母親に甘えようと何度か頑張ったけど、残念ながら『忙しいからまた今度ね』と見事に流され………。

挙句には俺が小学四年生の時、母親は事故で唐突に亡くなった。

『また今度ね』とは一体なんなのか。来世に期待しろとでも？

それから父親は拍車をかけて『社会に役立つお仕事』に打ち込み、まったく家に帰ってこなくなった。

俺もネトゲに没頭し、死ぬまでの暇つぶしを始めた。

一応は学校に通うものの、それ以外の時間はとにかくネトゲに没頭。

もともと社交的な性格ではないので、友達ができるわけもなく、外出する機会も一切なく……。

俺は部屋にこもって、ひたすらパソコンに向き合っていた。

そして俺が中二の時、父親が再婚した。同じ職場の女性らしい。

新しい母親も俺に興味がなかったらしく、申し訳程度の挨拶をしたくらいで、それ以上関わってくることはなかった。

父親の方もとくに何かを言ってくることはなく……気づくと今の状態だった。

「ようは、俺の親は……俺に興味がないんだよ。とことん、どこまでも」

事情を尋ねられた俺は、隣に座る凛香《りんか》に全てを話した。

今まで意図的に黙っていたわけではない。その機会がなかっただけだ。

いきなり俺から話すのも変な感じだだし、凛香から『ご両親に挨拶したいの』と言われてから説明するのも微妙な空気になりそうだな、と思いズルズルここまで引っ張っていた。

ただ、凛香の雰囲気や口ぶりからして、ある程度の予想はしていたのかもしれない。

「和斗くん。こんな言い方はよくないかもしれないけれど、それは――」

「育児放棄、的なやつだろ。でも今の時代、そんな珍しいことではないらしいよ」

そこまで深くインターネットで調べたわけではない。あくまでも表面上の情報を拾った程度。今の時代は共働きの夫婦が増え、さらにインターネットの普及率が上昇したことにより、俺のような一人で過ごす子供が増加しているらしい。

もちろん情報源はインターネットなので全てを信用できるわけではない。

しかし、孤独を感じる人が増えているのは事実な気がする。

「寂しく、なかったの？」

「慣れるよ」

というよりネトゲが、孤独を――心の穴を埋めてくれる。

……単純にネトゲが好きなのもあるけど。

「………………」

再び凛香が黙り込んでしまう。何を言ったらいいのか分からないのだろう。

俺は自分の境遇を特別だとは思わない。

多分……少し見渡せば、ごく普通にいる存在。

そう、平凡な男子高校生だ。

寂しいという感情は、ＳＮＳアプリやネトゲ……つまり、インターネットで解決できる。

インターネットは全ての欲求を満たすことができるのだ。

「俺は、寂しくないよ」

「和斗くん…………」

「それに今は凛香がいる。だから変に気を遣わなくていいよ」

本当に何も気にせず、何も考えず、凛香に言う。

少しだけ考えてほしい。自分の境遇を普通だと思っている人間が、わざわざ自分の家族についてペラペラ喋るだろうか、と。

全てを好きな人に知ってほしいと思う一方で、どうでもいいことは話さないものだ。

「俺の親について、事前に説明しておくべきだった？」

「……」

「とくに説明はいらないかなって思ったんだよ。親が来てくれたら、の話だったけど」

「どうして、説明はいらないと思ったの？」

「凛香に気を遣わせるかな、と……」

そう言ったことをすぐに後悔する。

凛香は『気を遣わせる』という言葉に敏感に反応し、顔を悲しげに曇らせた。

「そう……私のこと、信頼してないのね」

「ち、違う！　俺は――」

言葉の先を、紡げなかった。

想像以上に熱く、甘くて柔らかい何かを――唇に押し付けられた。

その何かを認識するのに、一瞬の遅れが生じる。

視界一杯に映り込む凛香の顔――停止した脳がゆるゆると再活動し、ようやく自分が何をされたのか理解する。

――キスだ。

それもファーストキス。

あまりにも唐突。唐突すぎる。

不意打ちのファーストキス。

喜びや感動の余韻を感じる暇もない。

ただただ自分がされたことを冷静に認識する。

それほどまでの不意打ちだった。

凛香は、俺の唇から自分の唇を離し、互いの吐息がかかりそうな距離で話し始める。

「私に全てをさらけ出して欲しい」

「え？」

「さらけ出したくないという感情もさらけ出して欲しい。甘えたい、甘えられたい、会いたい、寂しい、嬉《うれ》しい、喜び、全ての感情を私にさらけ出して欲しい。夫婦だから……」

やや熱の帯びた口調で凛香は続ける。

「和斗《かずと》くんが私の全てを受け入れると言ってくれたように、私も和斗くんの全てを受け入れたい。いいえ、受け入れたいというのは少し違うわね……」

数秒の間を取り、凛香は静かな声音で言葉を重ねる。

「和斗くんの全てが欲しいの。逆に、私の全てをそっくりそのまま和斗くんにあげたい」

「全て……」

「和斗くんは私への想《おも》いを明確にしてくれたわ。それでも、まだ心のどこかでブレーキがかかってる」

「そんなこと――――」

「和斗くんの方から私に甘えてくれたことがないわ」

「…………」

「それにね、見たことがないのよ。和斗くんが無邪気に笑っているところを」

「……俺、本当に凛香のことが好きだよ」

「ええ。和斗くんが私のことが好きなのは、ちゃんと伝わってきている。それは決して疑いないことよ」

「うん……」

「きっと和斗くんは、無意識のうちに甘えてはいけないという思いがあるのよ。そもそも甘え方を知らないのかもしれないわ」

「……」

否定、できない。

かつて母親に甘えようとしたことが何度もあったけど、『また今度ね』と、全て否定された記憶しかない。

もしかしたら、俺は甘えることに怯《おび》えているのだろうか。

「今すぐは難しいと思う。けれど、これだけは理解してほしいの。私は和斗くんの良いところや悪いところも、全て含めて大好きなのだと。私が和斗くんを否定することは絶対にないわ」

「凛香……」

「ネトゲの世界において、リンはカズのお嫁さんで……リアルでは、水樹《みずき》凛香は綾小路《あやのこうじ》和斗のお嫁さんなの。だから、和斗くんのありったけの想い、感情を、私にぶつけていいの。私は喜んで受け入れるから、ね？」

「…………」

なんて心に染みる言葉だろうか。凛香は自分の発する言葉全てに想いを込めている。心の底から俺を想っているのが伝わってきた。胸の奥に響くものを感じる……。

「和斗くん。夏休みの間って、夏休みの間、私の家に泊まりに来て」

「……夏休みの間、ずっと？」

「ええ、ずっと。夏休みの間、ずっと。そもそも、別居してる今の状況がおかしいのよ」

「別居て……」

「いやかしら？」

「いや、じゃない……」

何も考えることができない。

凛香の綺麗《きれい》な瞳を見つめ続け、俺は何かに操られたように返事をした。

「なら決まりね」

凛香は俺の目を見つめ返し、優しく笑った。

☆

「準備はいいかしら、和斗くん」

「あー……大丈夫、忘れ物はない」

あっという間に数日が過ぎ去り、とくに波乱もなく夏休みに突入した。約束した通り、俺は凛香の家に泊まる。昼過ぎの現在、凛香と俺は、俺の部屋にいた。家の外では香澄《かすみ》さんが車で待ってくれているらしい。

「それでは行きましょうか」

ドアを開け、凛香が部屋から出ていく。

俺もバッグを手にして部屋を出る。ドアノブを握り、ゆっくりとドアを閉じた。

「…………」

この部屋だけが、俺の世界だった。

ネトゲばかりの人生で、それ以外の記憶はないに等しい。

この部屋で人生の大半の時間を過ごしてきた。

引きこもり一歩手前。外が怖いわけでもない。

ただ、何もないだけ。

もしかすると、本当の意味で俺の人生が始まったのは……。

ネトゲの嫁が人気アイドルだと知った、あの日からだったのかもしれない。

「和斗くん？」

「なんでもない、行こっか」

……大丈夫。

リアルでもお嫁さんのつもりでいる、俺の恋人と一緒なら――――。

四章 ネトゲ廃人、彼女の家に泊まる

昼過ぎ。凛香《りんか》の家に泊まりに行くため、俺は香澄《かすみ》さんの車に同乗していた。運転席に座っているのは当然香澄さん。俺は後部座席に座っており、隣に凛香が座っている。

夏休み期間、予定通り凛香の家で過ごすことになりそうだ。

今さらではあるけれど、凛香は物事を決めるのも行動するのも全てが早い。

成功する人は、普通の人よりも多くの行動をすると言うし、そういうことなんだろうか。よく知らないけれど。あれよあれよの間に、彼女の家にお泊まりだ。この流れるような調子で気づけば結婚してそうだな…………はは。

俺はスマホを取り出し、父親とのトークルームを開く。今日から彼女の家に泊まりに行くことを伝えているのだが、やはりというべきか既読にすらなっていない。これは相手が俺だからスルーしているのか、他の人にも同じような対応をしているのか……。

「…………ん」

凛香が、そっと俺の左手に指を絡ませてくる……恋人繋《つな》ぎというやつ。

そこまで認識し、女の子らしい手の感触にドキッとさせられる。なんて大胆なんだ。

初デートの時ですら、普通に手を繋ぐだけだったのに。

ドキドキしながら、俺は盗み見るように凛香の横顔を覗《のぞ》いてみる。

……頬がほんのりと赤い。照れる一面は健在の様子。

不意打ちのキスをしたり、同じベッドで寝たり（暗闇限定）したとはいえ、堂々と手を繋ぐことにはまだ慣れないらしい。

そんな反応をされては、こちらも照れるというか頬が熱くなってくる。

ちょっとした照れ臭さを誤魔化すように、俺は凛香から外の光景に目を向けた。

「いやー、まさか和斗《かずと》くんが泊まりに来るなんてねー」

「お世話になります」

硬くならないでいいよ、と香澄さんは軽く笑いながら言う。

運転に集中しているらしく、香澄さんは俺と凛香が手を繋いでいることに気づいていない。

「この間さ、凛香が和斗くんの家に泊まりに行ったじゃん？　それで何か進展したわけ？」

「とくには……。適当に喋《しゃべ》ったくらいですよ。翌日学校でしたし」

「ふーん。ま、あんたらって奥手カップルな感じがするよね。凛香も男嫌いだった分、男の免疫ないだろうし。こりゃあキスも当分先かねー」

「「…………」」

軽い調子で言う香澄さんだが、俺たちからすれば思うところがある発言だった。

なんとなく凛香の方を見れば――――同じタイミングで凛香も俺を見ていた。目が合う。

そうなると自然、お互いの唇に視線が行き――――。

「「――――ッ！」」

また同じタイミングで顔を背けた。ギュッとお互いの手に力が入る。

……なんだ、凛香は気にしていたのか。

普通に振る舞っているから、どう思っているのか分からなかった。

まあ、気にするよな。そりゃ気にする。勢いみたいなキスだったし。

ていうか俺、初めてだし。多分凛香も。

微妙に意識し合う俺たち。その曖昧な空気を香澄さんは感じたらしく……。

「え、もうキスした!?　え、したの!?」

「うるさいわよ、お姉ちゃん……」

「いやいや！　二人とも、顔真っ赤じゃん！　つーか、手繋いでるじゃん！　なに私の車でイチャイチャしてくれてんの！　クラクション鳴らしてやろうか！　プップー！」

赤信号で車を止めた香澄さんが振り返り、こちらの様子を視界に収めてしまう。

焦った凛香がパッとすぐに手を離した。

しかし香澄さんは深くため息をつき、嘆くような口調で言う。

「うわー、なんかショック。妹に先越され続けてるよ、私……」

「お姉ちゃんはモテるじゃないの」

「まーね。でもビビッとくる男が中々いないんだよね～」

「そう簡単に素敵な人と出会えるなら誰も苦労しないわ」

「凛香は出会ったじゃん。それもネトゲで」

「私は本当に運が良かったのよ。和斗くんとネトゲで、そしてリアルで出会えてよかったと、毎日思っているわ」

「結局惚気《のろけ》かい。羨ましいね～」

そうして会話が区切られる。次の話題は香澄さんの恋愛事情になったようで、水樹《みずき》姉妹はどんどん話を膨らませていった。

俺は話に入ることができず（入っても微妙な空気になりそう）、町の光景を眺めるだけだった。

「あ、そうだ和斗くん。先に警告しておきたいことがあるんだよね」

「警告？」

「うちのお母さん、超真面目だから……頑張って」

「超真面目って……前、やばいくらい酔っていたじゃないですか」

「あー、あれね。あれとは別人だと思った方がいいよ。ぶっちゃけ水樹家で一番やばい……いや、凛香と接戦かな」

「それどういう意味？　私はまともよ。自分の信念や考えに従って真《ま》っ直《す》ぐ生きているだけ」

「そう聞くと素晴らしく思えるんだけどね、方向性がズレてんのよ」

呆《あき》れ返った香澄さんが小さな声で「それが天才なんかねー」と呟《つぶや》いた。

「でもお姉ちゃんが言いたいことは分かるわ。私たちのお母さんは二面性があると言えばいいのかしら。時と場合によって性格が大きく変わるの」

「なるほど、凛香みたいな感じか」

「何を言ってるのかしら。私はいつだって同じよ」

「…………全然違う」

誰もが言うに違いない。リンと凛香は全くキャラが違うと。

☆

水樹家に到着する。香澄さんと凛香が家の中に入っていき、俺も玄関に踏み込んだ時だった。廊下をタターッと走ってくる一人の幼女…………乃々愛《ののあ》ちゃんだ！

「わーい！　かずとお兄ちゃんだー！」

「お、乃々愛ちゃん久しぶり――――ぶふぅあああっ！」

それはまさしく一本の槍《やり》の如《ごと》き勢い。乃々愛ちゃんが凄《すさ》まじい勢いで俺の腹に飛び込んできた……！

これぞ乃々愛ちゃんダイブ、俺は情けない悲鳴を発しながらも必死の思いで乃々愛ちゃんを受け止める。

「かずとお兄ちゃん！　今日からわたしの家にずっといてくれるんだよね？」

「夏休みの間だけだけどね。よろしく」

「うん！」

嬉《うれ》しそうに満面に笑みを浮かべる乃々愛ちゃん。思わず頭をヨシヨシとなでてしまう。

すると乃々愛ちゃんの表情が「えへへー」と、とろけるような可愛《かわい》らしい笑みに変化した。

可愛い。目を細めて気持ちよさそうにしている。可愛すぎて吐血しそう。

くいくい。軽く横から袖を引っ張られた。凛香だ。

唇を軽く尖《とが》らせ、どこか拗《す》ねたような表情を浮かべている。

「乃々愛ばっかり……ずるいわ」

「乃々愛ちゃんが可愛くてつい……」

「やっぱり和斗くんはロリコンなのね」

「違う！　すぐロリコン認定するのやめてください！」

以前も似たようなことがあったなー、と思う。

「今日からここが和斗くんの家よ」

「ただのお泊まりなんですが……」

「自分の家のように思って欲しいわ。だって私と和斗くんは夫婦なんですもの」

そう言われても難しいぞ。凛香は俺が泊まりに来ることを家族に説明しているそうだが、それでも多少なりとも緊張してしまう。俺が靴を脱いで家に上がると、廊下の奥から見覚えのある人たちがやってくる。幹雄《みきお》パパと凛香のお母さんだ！

「えと、よろしくお願いします」

緊張からか、少しぎこちない言い方になってしまう。

しかし幹雄パパは気にすることなく、頷《うなず》いて返事をしてくれた。

「君の部屋は用意している。好きに使うと良い」

「あ、ありがとうございます」

「気にすることはない。私が君のためにできることは、これくらいしかないのだから」

「は、はぁ……？」

戸惑う俺を気にすることなく、幹雄パパは鉄仮面のような表情を崩さずに言う。

「心せよ」

「へ？」

「これからが本番だ」

何がだよ。やけに意味深で重い言葉だな。

違和感を覚えている俺に対し、今度は凛香のお母さんが口を開く。

「和斗くん、ですね。凛香と付き合うということはすなわち、生涯を共にするということ。あなたたちの結びつきは魂にまで及び、いかなることがあろうと決して離れることはないでしょう。……これから末永く凛香をよろしくお願いします」

いや重すぎるだろ。俺は悪魔とでも契約したのか?

もしかしたら冗談かもしれない、そう思うも凛香のお母さんの目を見るとガチであることが伝わってくる。もしこの場で別れ話を切り出そうものなら今すぐ包丁を手に取って襲いかかってきそうだ。

なるほど、これが香澄さんの言っていた超真面目というやつか。

ちなみに凛香のお母さんは、目つきから声のトーンまで凛香にそっくりだ。

容姿に関しても凛香が大人になったらこんな感じになるんだろうなーと思うほど似ている。水樹三姉妹の中で、一番凛香が母親に似ているようだ。あと考え方も。

強烈な二面性があることもそっくりだ。

「実は私、息子もいる生活に憧れていたのです。これからが楽しみですね」

そう言った凛香の母親は優しく微笑《ほほえ》み、幹雄パパと共に部屋に戻って行った。

……なんだろ、歓迎され過ぎて逆に怖くなってきたぞ。

☆

俺に割り当てられた部屋は、六畳くらいの和室だった。押入れに布団があることなど、凛香《りんか》から最低限の部屋の説明を受ける。思えば畳の上で生活するのは初めてだ。なんとなく匂いが洋室とは違う。

「この部屋は和斗くんの自由にしていいわよ。夏休み以降も使うことになるでしょうし」

「もう家族公認だよな。凛香の両親も当たり前のように俺を受け入れたぞ」

「当然でしょう？　娘の結婚相手を拒絶する親がどこにいるのかしら」

「ん？　ちょっと待ってくれ。凛香は言ってるのか？　その、俺と夫婦であることを

……」

「言おうとしたけれど、なぜかお姉ちゃんに止められたわ。これ以上面倒事は勘弁してくれと懇願されたの」

…………香澄《かすみ》さんの苦労する姿が目に浮かぶようだ。

「一応聞きたいんだけどさ……俺の家庭事情について家族に話した？」

「話してないわ。恋人を家に泊めたいと言っただけよ」

「そっか……」

凛香なりに気を遣ってのことなのか。俺としては話してもらっても良かったんだが……

まあいいや。

それよりも凛香の口から『恋人』という言葉が出て少し違和感を覚えた。いつも夫婦しか言わないから新鮮に感じる。

「和斗《かずと》くん、ちょっといいかしら？」

「ん？」

「これからの生活に向けて、私たち夫婦のあり方を決めたいの」

「夫婦っていうか、恋人ですけどね」

「私がアイドル活動で忙しいのもあったけれど、あまり夫婦らしいことができていないでしょう？」

「俺の指摘はスルーですか？　まあ、そうだな……恋人らしいことはしてないかも」

凛香が俺の家に泊まりに来たのも一回だけ。目立ったイベントはそれくらいだろうか。

俺は寂しさを我慢できるが、凛香はキツいらしい。

「この夏休みを機に、私たちは夫婦として以前よりも高みに行けると思うの。同じ屋根の下で暮らせることになったわけだし」

「高みって……。具体的には何をするんだ？」

「甘えるのよ」

「甘える？」

「ええ。和斗くんが私に」

「……どうしてそれが夫婦らしいことになるのでしょうか」

「夫婦とはお互いに気を許し合い、支え合うものよ。けれど、今の私たちはどうかしら。私が一方的に支えられ、私が一方的に和斗くんに甘えているわ」

「……そんなことないだろ」

「いいえ。前にも言ったけれど、和斗くんの方から甘えてくれたことがないわ」

「……」

そこまでハッキリ言われては何も言い返せない。

俺としては凛香がそばにいてくれるだけで満足なんだけどな。

それ以上求めるのは罪深い気がしてならない。

「私はね、もっと和斗くんに甘えられたいの。寂しがり屋の子供みたいになった和斗くんを思う存分甘やかして一日中頭をなでなでした末に同じベッドで身を寄せ合って眠る……どう？　素晴らしいと思わない？」

「まー、うん……素晴らしい、のかな？」

「お互いに甘えて、甘えられる……それが夫婦として理想の関係だと私は思うのよ。なぜなら甘えるという行為は、相手を信頼してないとできないことだから……」

「なるほど……」

甘えるとは相手に求めることでもある。

相手に嫌われないと、無意識レベルで確信してこそできる行為と言えるだろう。

そう自分で考え、気づく。

付き合ってからの凛香は、恥ずかしがりながらも甘えてきた。

俺の家に泊まった時が顕著だっただろう。

付き合う前は……嫌われることを恐れている節があった。

覚悟が決まる前の俺を香澄さんたちに会わせてしまったことを気にしていたし、俺から告白される寸前に和斗くんグッズを打ち明けたことも、いわば嫌われる恐れが根源にあったのかもしれない。

けれど俺から全てを受け入れると言われ、自分の願望を見せ始めた。

明らかにボディタッチ……手を繋《つな》いでくることが増えたし。

なんか夫婦というより恋人のノリな気がする。ていうか恋人だろ。

「もっと私に求めていいのよ？　アイドル活動休んで欲しいなら……休んでもいい」

「それはダメだ！　凛香はどこまでも輝いて欲しい！」

「そ、そう……。そこは強く言ってくるのね」

まだネットでしか見たことはないが、アイドルの凛香は素晴らしいの一言に尽きる。

多くの人の希望になっており、どれだけの人を笑顔にさせているのか分かったものではない。

…………。

例えば……例えばの話、凛香が俺だけのアイドルになってくれたら――――。

「和斗くん？」

「……なんでもない。甘えるってさ、具体的にはどんな感じなんだ？」

「そうね……。相手に頼ったり、お願いしたり……自分の願望を素直に打ち明けることよ」

「俺は凛香がそばに居てくれるだけで満足なんだけど」

「そう言ってもらえるとすごく嬉しいけれど……また少し違うわ」

「うーん。難しいな」

ネトゲ廃人の俺にとって、甘えるとは恐ろしく難易度が高いかもしれない。

「私をお母さんのように思って甘えてみるのは……どうかしら」

「余計に分からないって」

ひょっとして俺の家庭事情を気にして甘えて欲しいと言ってるのだろうか。

そう思うも口に出さず、凛香の言葉を待つ。

「それなら……試しに乃々愛《ののあ》の真似《まね》をしてみる？」

「乃々愛ちゃんの真似か……」

乃々愛ちゃんと言えば、やはりアレか。

俺は軽く咳払《せきばら》いしてから、気持ち高めのトーンで言ってみることにする。

「凛香ー抱っこしてー」

「分かったわ」

「まじかっ」

無理に決まってるでしょう？ そんなツッコミを期待したが、即承諾を貰《もら》ってしまった。

俺と凛香の体格差を考えると、凛香が俺を抱っこするのは不可能だ。

しかし人気アイドルにまで登り詰めた彼女が、やる前から諦めるはずがなかった。

まずは俺にガシッと抱きつき、「んーっ。ん、んー！」と可愛《かわい》らしく力んだ声を発しながら懸命に俺を持ち上げようとする。まあ当然だけど、ちっとも俺の体は上がらない。べったりと足裏は畳にくっついている。

「お、重いわね……乃々愛と比べ物にならないわ………………！」

「そりゃね。幼女と比較されても困る」

俺を抱っこしようと奮闘する凛香。

必死過ぎて、すさまじく俺に密着していることに気づいていない。

こちらとしてはドキドキ感が半端なかった。

凛香の柔らかく温かい体をこれでもかと押し付けられ、抱きつかれているので、なんかもう……なんも言えねえや。

とくに胸の下辺りに押し付けられている、ちょっとしたクッションのような感触……。

反射的に視線を落して確認しようとするが、寸前で己の意思にストップをかける。

この目で認識してしまうと、あらゆる意味でヤバそうだった。

「り、凛香、もういい！　十分です！」

「ん、んーっ！　まだ……まだよ！」

「頼むからやめてくれ！　俺が限界だ！」

俺の悲鳴混じりの声を聞き、ゆっくりと凛香は俺の体から離れる。

そしてフラフラ後退したかと思うと、絶望したように両膝をガクンと畳に落した。

それだけではない。その双眸《そうぼう》は悲しみの涙に溢《あふ》れて儚《はかな》く光り輝く。

「ごめんなさい和斗くん……。あなたを抱っこ、できなかったわ」

「いやいいよ!?　気にしなくていいから！」

「なんて私は不甲斐《ふがい》ない妻なのかしら。夫の望みを叶《かな》えることができないなんて……」

「俺の望みっていうか、凛香が乃々愛ちゃんの真似をしろって言ったんだけどね」

「せっかく和斗くんが『抱っこしてー』と甘えてくれたのに……！」

「いやだから乃々愛ちゃんの真似——頼むから俺の話を聞いて!?」

どういうことだ。俺が抱っこを望んだみたいな流れになっているぞ……！

いや事実そうなんだけどね。なんか釈然としない。

「他に……してほしいことはないかしら」

「別にないけど……」

「ほんと？　恥ずかしがらなくていいのよ？」

「恥ずかしがってないよ」

「……どうかしら。和斗くんは恥ずかしがり屋の男の子よ。私と手を繋いだだけで目を泳がせるし、私と目が合っただけで顔を赤くするわ」

「それは凛香も同じじゃん」

「私は普通よ」

「どこがだよ。日頃から夫婦とか言うくせに、いざ手を繋いだら硬直するし、肌を見せ合うのは早いとか言ったり…………そ、そのくせして、い、いきなり……キ、キスしてきて……っ！」

「そ、それは――――っ！」

喋《しゃべ》りながらどんどん頬が熱くなっていく。

声のトーンも心臓の高鳴りに合わせて高くなった。

自分の言葉で、不意打ちのキスをされた瞬間を鮮明に思い出してしまう。

そしてそれは凛香も同じらしく、カーッと急速に顔が真っ赤になった。頭から湯気が出そうな勢い。クールな表情が崩れ始め、徐々に焦り顔になっていく。

「俺……は、初めてだったのに……あんな、不意打ちとか……っ！」

「わ、私だって初めてだわ！　ほ、本当は……もっとロマンチックな雰囲気で、か、和斗くんから……って、何度も想像してたのに…………っ！」

「じゃあなんで……したのですか!?」

「分からないわよ！　自分でも、その……………………もう！　カズのばか！」

「俺が悪いのかよ！　しかもリン口調だし！」

もはや自分が何を言って、何を言われているのか分からなくなってきた。

完全に頭が茹《ゆ》で上がって思考力が著しく低下していく………！

「夫婦なんだからキスくらい普通よ！」

「まだ夫婦じゃありません！　恋人です！」

「恋人でもキスくらいするわ！」

「しないだろ！」

「するわよ！　恋人ならキスしまくりよ！」

「しまくりってなんだよ！……もしかして、和斗くん人形にもキスしてるのか？」

「――なっ！　す、すす、するわけ………ないでしょう！　い、いきなり変なこと、言わないで！」

「してるな！　その動揺の仕方、絶対にしてるな！」

「してないわ！　仮にしているとしても、初めての相手はリアル和斗《かずと》くんよ！」

ギャーギャー子供のように言い合う俺たち。自分が何を言っているのかも分かってない。

そこにドアを引いて顔を覗《のぞ》かせる香澄《かすみ》さん。呆《あき》れたような表情を浮かべた。

「なに、早速痴話喧嘩《げんか》してんの？」

「痴話喧嘩じゃないわ。夫婦喧嘩よ」

「どうでもいいけど、さっさと部屋の準備を終わらせなよー」

言葉通り、どうでもよさげな雰囲気を出して香澄さんは去っていく。

突如の第三者の介入により、ヒートアップしていたこの場の熱が一気に下がった。

「……私たち、初めての夫婦喧嘩をしちゃったわね」

「喧嘩ってほどでもないと思うけどな」

しかし凛香《りんか》とは軽い口論すらしたことがなかった気がする。

これが付き合ってからの変化なんだろうか……？

☆

俺の荷物を片付けた後、リビングで水樹《みずき》一家と共に緩やかな時間を過ごす。

凛香の母親から『好きな食べ物』や『将来の計画』、『理想の子供人数』といった、あまりにも時期が早すぎる質問を繰り返されてしまい、俺は苦笑いで『あはは、そうですね……。今色々考えているところです』と答えるしかなかった。もう真面目すぎる。真面目すぎて逆に変人のトップ層に君臨した。

これは確かに凛香のお母さんだな。二面性があるのも同じだろう。

そんな感じで時間は流れていき、晩飯を用意する時間帯となった。

颯爽《さっそう》とエプロンを着けた凛香がキッチンに立つ。

「かずとお兄ちゃん！　今日はカレーなんだって！」

「そっか。前に俺が来た時もカレーだったな……」

あの時は……辛いのが苦手な凛香に合わせて甘口だったな。

俺が味について思い出していると、ソファに座りテレビを見ていた幹雄パパが静かに口を開いた。

「ふむ……カレーであれば、例のアレを煮込みやすいのだろう」

「例のアレ？　なんですかそれ」

「好奇心は猫を殺す。知らない方が君のためだ」

「意味深に言っておいて隠すのやめてくれません？　不安になるんで」

「安心しなさい。健康に害はない」

「害はないけど、何かしらの影響はあるんですかね……?」

「……………」

何か言えよ！

これで会話は終わりとばかりに幹雄パパはテレビに集中する。もうやだこの人……。

もったいぶらずに教えてほしい。例のアレって、本当になんなんだ……！

せめて食材なのか知りたい。

ビクビクと俺が不安で震えている間に、晩飯が出来上がった。

水樹一家と共に六人用のテーブルを囲む。三人と三人で向き合うタイプだ。俺の隣に凛香で、さらに隣が乃々愛ちゃん。向かい側に香澄さんと水樹夫妻だった。

食事前の挨拶もほどほどに、各々はスプーンを手にしてカレーを掬《すく》う。俺は一口目を口にし、舌先に僅かな辛みを感じた。これは甘口寄りの中辛だ。

以前食べたカレーは甘口だったけど、この程度の辛さなら凛香は平気らしい。

そう思い、なんとなく顔を上げて隣の凛香を見やる――――えっ！

「……………」

凛香はスプーンをくわえたまま石像のように固まっていた。

その顔は無表情のまま凍りついている。

しかも両目からは、ポロポロと静かに涙が流れていた……！

「り、凛香!?」

「…………かりゃい……っ」

呂律《ろれつ》が回ってないぞ。本当に辛いのが苦手らしい。

ちなみに乃々愛《ののあ》ちゃんは「おいしー！」とニコニコ顔でカレーを食べている。可愛い。

「私の舌、変なことになってないかしら。ちょっと見てくれる？」

凛香は俺に向けてチロッと可愛らしく舌先を出す。普通だ。

しかし女の子の舌を見てしまった事実に少しドキッとする。

「舌は普通だな。……凛香、大丈夫か？」

「もうダメ。今の一瞬の間に、これまでの人生を思い出したわ」

「走馬灯じゃんそれ……」

「どうしてこの世にカレーという忌々しい料理が存在するのかしら。滅べばいいのに」

「自分で作っておいて！」

「いけると、思ったのよ。今日の私は、昨日の私よりも成長している……。なら辛いのも食べられるようになっていると、そう思うのは当然でしょう？」

「当然じゃないだろ。え、なに？　急にポンコツになってね？」

予想以上に辛い食べ物が苦手だったらしい。それも甘口寄りのカレーですらアウト。

ただ驚いているのは俺だけで、水樹夫妻、香澄さん、乃々愛ちゃんは気にせず食事を続けている。日常的なのか。

「そうね……和斗くんが愛を込めてくれたら食べられるかもしれないわ」

「愛を込めるって……具体的には何を？」

「この間、テレビでメイドカフェ特集というものを観たの。こう、両手でハートを作って、萌《も》え萌《も》えきゅんきゅん、おいしくなーれと、唱えていたわね」

棒読みの真顔で言う凛香。全く萌え要素がないけど可愛《かわい》い。

やはりクール系アイドルに媚《こ》びるような行為はできないようだ。

そして俺は嫌な予感で口を引きつらせる。

「まさか俺にそれをしろと？」

「するもしないも和斗くんの自由よ。けれど、してくれたら私はすごく喜ぶでしょうね。……いいえ、和斗くんならしてくれると私は信じているわ。それも全力でしてくれると信じている」

「余計な信頼感！　俺を社会的に殺す気ですか!?」

「大丈夫よ、仮に社会から見放されても、私だけは和斗くんのそばに居るから」

「原因は凛香じゃん！」

俺の正面に居る香澄さんが食事の手を止め、ニヤリと笑う。

「へー、私も和斗ボーイの萌え萌えきゅんきゅんが見たいなー（にやにや）」

「悪ノリやめてくれませんか？　まじで恥ずかしいんで」

「ねね、かずとお兄ちゃん！　わたしのカレーにも萌え萌えきゅんきゅんしてー」

「無理！　天使の頼みでも無理！」

「萌え萌えきゅんきゅん、それは凛香と和斗くんに課せられた最初の試練なのでしょう。和斗くん、頑張ってこの試練を乗り越えるのです」

「むしろ貴方《あなた》の存在が試練です」

「ふむ、先駆者として私からのアドバイスを――――」

「あ、遠慮します。不安にしかならないので」

「ちょっと和斗くん、食事中は静かにするべきよ」

「発端は凛香だよね!?　今さら正論を言われても！」

水樹家の人たちが次々と理不尽（？）なことを言ってくる。息を吐《つ》く暇もないとはこのことか。香澄さんが感心した様子で俺に喋りかける。

「いやー、やるねぇ。一家に一台欲しいツッコミマシーンって感じ」

「そのうち発狂して暴れますけどいいですか？」

「息子がいると、こんなにも賑《にぎ》やかな夕食になるのですね。和斗くん、我が家へ来てくれて感謝します」

「もっと違う形で感謝してくださいよ」

俺は翻弄されているだけじゃないか！　オモチャ扱いだ！

「それで……和斗くんは萌え萌えきゅんきゅんをしてくれるのかしら」

「……分かったよ、やるよ……やればいいんだろ！」

ヤケクソだった。場の勢いに任せて渾身《こんしん》の萌え萌えきゅんきゅんをしてやる！

両手でハートの形を作り、凛香のカレーに向けて声高に唱えてみせる……！

「も、萌え萌えきゅんきゅん！　おいしくなーれ！」

もう自分が何をしているのか分からない！　分かりたくもない！

こんな恥ずかしいことをするのは生まれて初めてだ！

「ありがとう和斗くん。これならいける気がするわ」

「本当か!?　何も変わらないと思うんですがっ！」

「いいえ、和斗くんの愛が込められた時点で、それはもう料理を超越した別の高次元の存在になるの。和斗くんは己の愛に自信を持つべきだわ」

最初から最後まで何を言ってるのか分からなかった。

しかし凛香がそこまで言うなら事実なんだろう。

スプーンを手にした凛香はカレーを掬い、自信を持って口にした。

そしてピタッと動きを止め――――ポロポロと静かに涙をこぼした！

「か、かりゃい……っ！」

「だろうね!!」

☆

「はしゃぎすぎだろ、俺……。キャラじゃないって」

シャワーを浴びながら呟《つぶや》く。晩飯を食べ終えた後、入浴の時間となり俺の番となった。

数時間経過したとはいえ、萌え萌えきゅんきゅんの衝撃は未《いま》だに体から抜け切らない。頭の中がグルグルしていた。

「ヤバい。恥ずかしすぎる……！」

水樹一家に乗せられた。でもあれが普通の家庭における夕食の雰囲気なのかもしれない。

……違うな、多分違う。

俺は椅子に座った体勢のまま、頭上から降り注ぐシャワーを浴び続ける。

まるで滝修行。邪念ではないが、羞恥心を消し去りたい。

「和斗くん、入るわよ」

「おー……はい!?」

あまりにも普通の呼びかけに、言葉の意味を理解するのに時間がかかった。

シャワーを止め、慌てて振り返る。

今まさに、浴室のドアがゆっくりと開かれようとしていた。

これはまさか……ラブコメサービス展開!?

いやまあ個人的に悪い気はしないけど、でも――――!

「和斗《かずと》くん、背中を流してあげるわ」

「……」

姿を現した凛香《りんか》は、普通にシャツに短パンを穿《は》いていた。

そりゃそうか。肌を見せ合うのは早いとか言ってたし。

……俺、一方的に肌を見られているんですけどね。

「なんだか残念そうな顔をしているわね」

「別に……」

「言いたいことがあるなら遠慮なく言っていいわよ?……あ、こっちを見ないで。和斗くんの色んなところが見えちゃう……心の準備はまだなの」

「相変わらず変なところでうぶだな……。無理して背中を洗わなくていいんだぞ?」

「私たちはれっきとした夫婦よ? これくらいのことはして当然だわ」

「夫婦なら肌くらい――いや、もういいや……」

俺は諦めの境地に立つ。顔を前に戻し、背中を凛香に差し出した。

もう俺が何を言っても凛香は止まらないだろう。

それに俺としても嬉《うれ》しかったりする。……恥ずかしいけど。

一応、ボディタオルで股間を隠す。一応というか隠したい。

「このこと、家族から何も言われなかったのか？」

「言われたわよ。お母さんから『夫婦になった時に備えて慣れておきなさい』、と。おかしな話よね、私たちはすでに夫婦なのに」

「………………」

親子揃《そろ》っておかしな話だ。

「頭もまだ洗ってないわよね？」

「うん」

「洗うわ」

「でしょーね」

聞かれた瞬間、そう言われると思った。

「和斗くん、頭を下げて」

言われた通りに頭を下げる。隣に気配を感じたのでチラッと横目で見ると、凜香がすぐそこで膝立ちしているのが分かった。

「目を閉じないとシャンプーが目に入るわよ」

「はい」

「もうちょっと頭を下げてもらえるかしら。少し高いわ」

微妙に注文が多い……。そう思ったのも束《つか》の間《ま》、手慣れた感じで凛香が俺の頭を洗い始める。シャンプーの泡立っていく感覚と、凛香のマッサージのような指使いが頭皮に絶妙な刺激を与えて来て、なんとも言えない気持ちよさを感じ始める。

というより、彼女に頭を洗ってもらうというシチュエーションに幸せを感じずにいられない。

しかもその彼女は、今を時めく人気アイドル。とても現実とは思えなかった。

「どう？　私、それなりに上手でしょう。たまに乃々愛の頭を洗ってあげているの」

なるほど。慣れた手つきだとは思ったが、そういうことらしい。

「どこか、かゆいところはないかしら」

「頭の――――ぷぷっ！」

口を開けた瞬間、思いっきりシャンプーが入ってきた！

凄《すさ》まじい香りが口の中に広がっていく……！

「ふふっ。口を開けたらダメよ、和斗くん」

おかしそうに、けれど愛のある優しい笑い方をした凛香は、俺の頭を洗い続ける。

なんか……子供扱いされてない？

そう思ったら少し悔しくなってきた。

シャワーで頭を丹念に洗い流された後、俺は少しばかりの不満をあらわにしながら言う。

「背中は自分でやるよ」

「ダメよ、私から喜びを奪わないで」

「えー……」

まさかの喜びと来ましたか。

「夫の体を洗うのが小さい頃からの夢だったの。だから、今……すごく幸せなのよ」

「そ、そんなにですか……」

「……和斗くん、自分で背中を洗うの？」

涙を滲《にじ》ませたような儚《はかな》い声で凛香が尋ねてきた。

……これを拒絶できる奴《やつ》は男じゃない。

「じゃあその……お願いします」

躊躇《ためら》いがちに言ってみせると、凛香がいつもより少しだけ明るい声音で――――。

「そ、そう。まったく……仕方ないわね、私の夫は。私がいないと自分のこともできないんだから」

「あーじゃあもういいです。背中は自分で洗うんで――――」

「泣くわよ？　盛大に泣いて、警察が来るまで泣き続けるわよ？」

「背中程度で警察沙汰はヤバいって。俺にどうしろって言うんだよ……」

「妻である私にお世話されたらいいのよ」

間髪入れず言われた。いっそ清々《すがすが》しい。

そう言われて嬉しく思う気持ちもあるが、まだ恥ずかしさが勝っていた。

なんかもう、甘やかされるというより、介護の領域に入っているような……？

俺はボディソープを染み込ませたボディタオルを振り返らず凛香に渡す。

「それじゃあ……いくわよ」

「ど、どうぞ」

なぜか緊張の一瞬みたいになっている。

凛香にとって背中を洗うことは、頭を洗うことよりも心に来るものがあるらしい。

俺が大人しく待っていると、背中にふんわりとした物を押し付けられたのが分かった。

ボディタオルだ。凛香は上下にボディタオルを動かし、優しく背中を擦《こす》り始める。俺に気を遣っているのか、力は弱めだった。個人的にもう少し強い方がいいけど……これはこれで悪くない。

「和斗くん」

「ん？」

「好きよ」

「──っ！　い、いきなり来たな……」

「ふと言いたくなったのよ。不思議ね……。こうしていると、愛《いと》おしい気持ちがどんどん溢《あふ》れてくるの」

「……」

こっちは一瞬で心拍数が上がったけどね。のぼせそうだ。

「今度は私が和斗くんに頭や背中を洗ってもらおうかしら」

「そうなると肌を見せ合うことになるけど……?」

「あら、問題ないわ。電気を消して浴室を真っ暗にすればいいのよ」

「なんで電気を消すんだ……。真っ暗だとまともに洗えないだろ」

「……そ、そんなに和斗くんは……私の裸が……見たいの？　そこまで言うなら……！」

「もうこの話はやめよう」

「ど、どうして?」

「……」

顔を上げた俺は、浴室の壁をジッと睨《にら》んで無言を貫く。

凛香が不思議そうにする気配を背中越しに感じたが、それでも俺は沈黙を保った。

……話をやめた理由?

それを説明するのは、たった一言で十分だろう。

——男の、生理現象。

☆

「やっと寝れる……」

壮絶な一日だった。水樹《みずき》家にお泊まりすることが、こんなにも修羅の連続になるとはな。

入浴を終えた後も凛香のお母さんや香澄《かすみ》さんに絡まれ、凛香との普段のやり取りを聞かれ……。そして、ついさっきまで乃々愛《ののあ》ちゃんから『かずとお兄ちゃん！　抱っこして！　遊んで！』とお願いされていた。

まあ午後11時になる頃には、おねむの時間となり、電池が切れたように乃々愛ちゃんはコトンと寝てしまった。

そうして水樹一家から解放された俺は、自分に割り当てられた和室で布団を敷いて寛《くつろ》いでいた。

いや、寛ぐというより脱力。布団に大の字で寝転がり、全力で体から力を抜いていた。

「家に人が居るって、こんなに忙しいんだなぁ」

物音がしない静かな家で、ひたすらネトゲをする……。

そんな暮らししか経験がない俺にとって、水樹家での一日は満ち足りつつも困惑の連続だった。

疲労から来る眠気に身を委ね、そのまま寝ようとした時のこと。

枕の近くに置いていたスマホから着信音が鳴った。

……誰だろう。凛香なら直接部屋に来るはず。橘《たちばな》と斎藤《さいとう》でもない気がする。

なら……胡桃坂《くるみざか》さんか。スマホを手に取って画面を見ると、『胡桃坂　奈々《なな》』と表示されていた。俺、冴《さ》えてるな。応答のボタンをタップし、電話に出る。

「もしもし？　胡桃坂さ――――」

「ニャー！　ニャニャ、ニャオ！」

「……は？」

「ンニャーオ！　ニャ。ニャニャ！」

……。

やばい。ぶっ壊れた、胡桃坂さんが。

「ニャニャ！　ニャ！　ニャ〜ン、ニャ！」

無言の俺に対し、ひたすら猫の真似《まね》をする胡桃坂さん。

……いや、胡桃坂さんじゃない。

猫だ。マジの猫。なんで？　どこかで聞き覚えのある鳴き声。シュトゥルムアングリフだ。

よく分からないが、シュトゥルムアングリフは必死に何かを俺に伝えようとしている。

そんな感じの鳴き方だ。ならば……こちらもそれに応えるべきではないだろうか。

――――よし、俺も猫語で返そう。

と、水樹一家に毒された発想をした俺は猫語で喋《しゃべ》ってみることにした。

「にゃにゃ？　にゃ～ん。にゃぁ！」

「…………カズくん？　大丈夫？」

おぃぃぃぃ！　このタイミングで胡桃坂さんに変わるのかよ！

「いや違うんだ。猫が電話をかけてきたから俺なりにコミュニケーションを図ろうとしたんだよ。何も変なことはしてない」

「言い訳になってないよカズくん！　でも、すんごく可愛《かわい》かったからアリです！」

胡桃坂さんの大きな声が耳の奥に響く。……ちょっと音量を下げよう。

「ごめんねカズくん。シュトゥルムアングリフが勝手にスマホを触っちゃって……」

「それで偶然俺に電話をかけたんだな」

「うん、そうみたい。奇跡だよね！」

どこか嬉しそうに言う胡桃坂さん。俺も適当に相槌《あいづち》を打っておく。ちなみに電話越しで
「ニャーニャ！　ニャーン！」と猫の鳴き声が聞こえた。まだ鳴いているらしい。

「んーどうしたんだろ、シュトゥルムアングリフ。いつもは大人しいのに……」

「何かを伝えようとしている感じだよな、その鳴き方」

「ひょっとしてカズくんとお喋りしたいのかな？」

「もう勘弁してください……」

「この間琴音《ことね》ちゃんから聞いたんだけど、シュトゥルムアングリフと仲良しになったんだよね？　じゃあ、やっぱりカズくんとお喋りしたいんだ！」

「仮にそうだとしたら、常軌を逸した知能を持ってるぞ、その猫」

「そうかなぁ？　人とコミュニケーションが取れる猫ちゃんって、意外と探せばいるよ？」

「でもスマホを自在に操作できる猫はいないだろ」

「あはは、そうだね」

楽しそうに笑った胡桃坂さんが「ちょっと別の部屋に行くね」と言い、少しして「お待たせ」と言ってくる。シュトゥルムアングリフの鳴き声は聞こえない。このまま話を続ける流れだ。

「ついに夏休みが始まったね、カズくん。何か予定があったりする？」

「とくには……。あーいや、今日から凛香《りんか》の家に泊まってる」

「え！　なにそれ！　とんでもないビッグイベントだよ！　凛ちゃんから何も聞いてない！」

初耳らしく、胡桃坂さんは心底驚いている様子だった。凛香は何も教えていないらしい。意図的に教えていないのか、そういう話題にならなかったのか……。

「んー！　色々聞きたいなあ……。でも、仲良し大作戦終わっちゃったし……」

「そこにこだわる必要はないと思うけど……。あ、一つ、相談したいことがあるんだ。いいかな？」

「いいよ！　なんでも私に相談しちゃいなさい！」

ドン、と自信満々に胸を張る胡桃坂さんの姿が目に浮かぶ。俺は少しおかしく思いながらも、ちょっとした悩みを口にしてみた。その悩みとは、甘える、ということ。ネットで調べてみたが、いまいち分からなかった。凛香から甘えて欲しいと言われ、どんな感じで甘えればいいのか、と胡桃坂さんに聞いてみる。

「むむぅ……何も意識せず、カズくんの甘えたいように甘えればいいんじゃないかな？」

「それが分からないんだよな……。俺、凛香がそばに居てくれるだけで嬉《うれ》しいし」

「なんだかピュア寄りの無欲だね……。でも、カズくんが甘える姿はあんまり想像できないかも。……あ、さっきの猫の真似はすんごく可愛かったです！」

「それはもう忘れて。俺がどうかしてた」

おそらく萌《も》え萌《も》えきゅんきゅんをした時のヤケクソ感が、まだ少し残っていた。

失礼な言い方だが、この家にいると俺の内なる何かが侵食されていく。

「うーん。デートプランとか、良い雰囲気の作り方ならアドバイスできるのに……」

「むしろそっちは壊滅的だぞ、胡桃坂さんは」

「えへへ～それほどでもないよ～」

「ごめん壊滅的という言葉をどうやってポジティブにとらえたの？　逆にすごいって」

俺は心底呆《あき》れ返る。まあこれが胡桃坂さんの魅力（？）だよな。

「アドバイスになるか分からないけどね、カズくんは凜ちゃんにああして欲しい、こうして欲しいって思ったことある？」

「……あー」

ちょっと考えてみる。

そういえば初デートの時、凜香と手を繋《つな》ぎたいと思ったよな。

他にも、そばに居たいという思いよりも踏み込んだ思いを抱いていた気がする。

今日のこともそうだ。

凜香が俺だけのアイドルになってくれたら……と思ってしまった。

「ありがとう、胡桃坂さん。なんとなく分かってきた気がする」

「ほんと？　これからも遠慮なく相談してね！　仲良し大作戦は終わったけど、いくらでも力になるから！」

胡桃坂さんの明るく元気な声に、心がほっこりさせられる。優しい女の子だよなぁ。

それからほどなくして電話を終え、部屋の電気を消して就寝の体勢に入る。

真っ暗な部屋の中、俺は目を閉じて夢の世界に落ちていった。

☆

夢の世界に落ちていた意識が、突如として現実に引き上げられる。俺は目を開けて暗闇に覆われた見慣れない天井を認めた。

「……？」

なんだろう、体が重い。ていうか、布団がモッコリしているぞ。まるで誰かが布団の中に潜り、俺の体に乗っているような……？　しかも胸元に見慣れた頭がある。

もしやと思い、布団をめくってみた。

「………凛香さん？」

やはりというべきか。凛香が俺の体に乗り、力強く抱きついていた。俺は抱き枕か？

これ以上ないほどの密着感。いくらシャツ越しとはいえ、凛香の柔らかい体の温《ぬく》もりを直で感じる。

お、おいおい、マジですか……。

この状況にかなり焦る。思わず声を上げそうになったくらいだ。

凛香は顔がハッキリと見えない真っ暗な部屋だと積極的になるが、まさか何も言わずに忍び込んでくるとは思わなかった。

普段は夫婦と言い張るくせに実は照れ屋で、顔が見えないと大胆になる。俺の彼女は極端だな…………。


「あのー凛香さん？　苦しいのでどいてもらえませんか？」

「寝てるから聞こえないわ」

「起きてるじゃん。この上なく起きてるじゃん」

「寝言よ」

「ばっちり返事してくるんだけど？」

「私、明日も早いの……。お喋りはまた明日ね」

「なんで俺がワガママを言ってるみたいになるんだよ……」

これはさすがに理不尽だろ、と思わなくもない。

俺がもう一度声をかけようとすると、凛香が顔を上げたのが分かった。暗くて表情はよく見えない。でも雰囲気からして平然とした普通の表情をしていそうだ。

「凛香、これはちょっと色々まずい……！」

「シーッ。あまり騒いだらダメよ、お母さんたちにバレちゃう。私、バレないように頑張ってここまで来たのよ？」

「……あの人たちなら普通に受け入れそうな気がするけどな」

「私の家族を何だと思っているのかしら。健全なお付き合いをするよう注意してくるに決まってるじゃない」

……あなたたちの言う健全なお付き合いって何？

「本当に変な話よね。私たちは夫婦なのだから一緒に寝るのは当たり前なのに……」

「そうっすね。ということで離れて――せめて降りてください…………！」

俺は体を揺らして無理やり凛香を下ろそうとするが、凛香はコアラのように俺の体にしがみついて「んぐぐぐっ！」と必死に踏ん張ってくる。なんでだ！

「離れない……絶対に離れないわよ…………！」

「なんて執念だ……ッ。無駄に睡眠時間が削られていく……！」

「私がどれほどこの時を楽しみにしていたと思っているの？　死んでも離れないわ……！」

「熱意を出す方向性が狂ってるだろ…………ッ！」

「んぐぐぐっ！」

俺が必死に体を揺らすほど凛香は強く抱きついて来る。あまりにも不毛な争いに加えて理性という防波堤が崩れそうなこともあって、俺は抵抗をやめた。

「これから毎晩、和斗《かずと》くんには私の抱き枕になってもらうわ…………ふふ」

「ふふって……。これは密着しすぎだろ。少しは離れてくれないと」

「夫婦は一緒に寝るのが当たり前よ。身が溶け合うくらい、和斗くんのそばにいたいの」

「……こんなに密着して、何も思わないのか？」

「和斗くんの体は温かいわね」

「無邪気すぎる……！」

とても思春期真《ま》っ只中《ただなか》にいる女子の発言とは思えない。

「すんすん、すんすん……すんすん」

「…………ん？」

なぜか凛香が俺の首下に顔を近づけ、一生懸命に匂いを嗅いでいた。

恥ずかしさよりも圧倒的な困惑が襲ってくる。

「……なに？　そんな動物みたいに匂いを嗅いで……」

「和斗くんの匂いはクセになるのよ。一度嗅いだら病みつきになるわ……すんすん」

「まるで麻薬みたいな中毒性だな。恥ずかしいから匂いを嗅ぐのやめてくれません？」

「すんすん、すんすん……」

「凛香？」

「…………。和斗くんは動物が好きかしら」

「露骨に話を逸《そ》らして来たな……。まあ、嫌いではないかな。種類にもよるけど」

「そう……。私はタヌキが一番好きなの」

「タヌキ？　どうして？」

「可愛《かわい》いからよ。丸っこい体形につぶらな瞳……。見ているだけで癒されるわ。それに何と言っても夫婦愛が強いことね」

機嫌が良さそうに凛香が饒舌《じょうぜつ》に語るのを俺は黙って聞き続ける。

「タヌキはね、パートナーになった相手と一生を共にするの。夫婦でつねに身を寄せ合い、いつだって一緒に行動するのよ」

「夫婦愛が強いんだな……」

「ええ。もしパートナーが先に亡くなったら、死ぬまで一匹で生き続けるの。他にパートナーを作らず、ね」

純愛にもほどがあるだろ。タヌキに対するイメージがガラリと変わった。今の話を聞いてしまうと、あまりにも一途《いちず》すぎる動物に思えてしまう。なんとなく凛香がタヌキを好きになるのが分かった。

「やっぱりダメね。我慢の限界だわ」

「……何も我慢してないと思うんだけど」

「私、普段は和斗くん人形を抱きしめながら寝ているのよ」

「……それで？」

「今の私はリアル和斗くんに抱きついているのだけれど、やっぱり全力で抱きしめたいの」

「は、はぁ……？」

凛香《りんか》は一体何を求めているのか。疑問に思っていると、凛香に頭を掴《つか》まれ——柔らかい胸に引き寄せられた。全力で頭だけを抱きしめられる。息苦しさを感じて凛香の腕を軽く叩《たた》き、なんとか息ができるくらいには解放してもらった。

「……や、やりたい放題かよ……ッ」

「嫌なの？　本当に嫌なら……………やめるわ」

「嫌じゃ……ないです」

「そう、素直になるのが遅い夫ね。困ったものだわ」

「………」

何か言ってやりたい気持ちになるが、ここは耐えておく。

「ほんと和斗くんは可愛いわね。和斗くん人形も可愛いけれど、やっぱりリアル和斗くんが一番だわ」

「そうですか………」

これで和斗くん人形の方が可愛いと言われていたら、それはそれでショックだった。

「ねえ和斗くん、私にしてほしいことはないかしら。頭なでなでから子守歌まで、なんでもいいわよ」

「完全に子供扱いじゃないか。勘弁してくれ……」

「あら知らないの？　寝ている時の和斗くんは子供そのものよ？　無邪気な寝顔をしていて本当に可愛いんだから」

ギュッと俺の頭を抱きしめる凛香の腕に力が込められる。

多分凛香は何も気にしていないと思うのだが、今、俺は凛香の胸に顔を押し付けている状態だ。普通に話しているけど、今にも心臓が破裂しそうでヤバい。

「もう、本当に和斗くんは和斗くんね。和斗くん……！」

たまらないといった感じで凛香は俺の頭を強く抱きしめ、何度も俺の名前を連呼する。

またしても窒息死しそうになったので凛香の腕を軽く叩いて、腕の力を緩めてもらう。

……………和斗くん、か。

「それじゃあ、一つだけお願いが――――」

「いいわよ、任せて」

「承諾するの早すぎない？　まだ何も言ってないんだけど」

「和斗くんのお願いよ？　私が断るわけないじゃない」

「そっか。じゃあ頭を離してください」

「すぅ、すぅ…………あ、ごめんなさい。今一瞬寝ていて聞いてなかったわ。悪いけど、話はまた今度ね」

「おい」

　これ以上言っても離してくれないので諦めることにし、別のお願いをすることにする。

「凛香、もう一つだけお願いがある」

「お願いの内容によるわね」

「言ってること、さっきと変わってるじゃん」

「人は日々成長するの。なら考え方が変わるのも当然よね」

「成長というか、都合の良い選択をしてるだけだよね？」

「すぅ、すぅ…………え、なに？」

「…………」

　くそ、ちょっとイラッてしたのに、それ以上に可愛く思えて仕方ない……！

　俺は感情を落ち着かせるために一度息を深く吸い込み、お願いすることにする。

「俺を和斗って呼んでほしい」

「……くん付けが、嫌なの？」

「別にそういうわけじゃないんだけど……。ちょっとした思い付き、かな。深い意味があるわけじゃない」

「そう……」

　よく考えたら俺を和斗と呼ぶ人が一人も居ない。

　だからなんだ、という話なんだけども。

「和斗」

「うん」

凛香が淡々と俺の名前を呟《つぶや》く。

「和斗」

「うん」

「和斗、和斗……和斗和斗和斗和斗和斗和斗和斗和斗――――」

「やめろよ怖いってば！」

布団に忍び込み、真顔の凛香が俺の名前を呟き続ける………。

立派なホラー映画のワンシーンだった。

☆

何時間が経過したのか。実際には数十分程度かもしれない。

凛香に抱きしめられている状況、俺が平常心でいられるわけがない。

「すぅ……すぅ……すぅ」と可愛らしい寝息が聞こえ始めたのを合図に、俺は凛香を押しのけて布団から這《は》いずり出る。さすがに今の俺には刺激が強すぎた。以前のお泊まりとは密着度が全く違う。どんどん凛香の行動がエスカレートしていく。……まあ、部屋が明るかったら大人しくなるんだろうけど。

「2時……か」

スマホを見て時刻を確認する。どうしようか、全然眠くない。

少し頭を冷やそうと思い、ベランダに出て夜風に当たることにする。

「……お、和斗くんじゃん。こんな時間にどうしたの？」

先客が居た。香澄《かすみ》さんだ。

ベランダの手すりに寄りかかり、お酒（レモンサワーと書かれた缶）を飲みながら曇った夜空を眺めていたらしい。よく見ると香澄さんの頬が、ほんのり赤く染まっている。

「ちょっと風に当たりたくて……」

「そっかそっか。ひょっとして凛香……そっちに行った？」

「ええ、まあ、はい……」

「……やった？」

「何をですか――――と聞くのはやめておきます。何もなかったですよ、俺たちは」

俺が素の顔で断言すると、香澄さんはおかしそうに小さく笑った。

「香澄さんこそ何をしているんですか？」

「私？　私はねー、自問自答……かな」

「酒を飲みながらですか？」

「そそ。和斗《かずと》くんも飲む？」

「ありがとうございます」

差し出された缶を受け取ろうとしたら、すぐに引っ込められた。

「いやいやダメでしょ。間接キスになるじゃん」

「ツッコミどころはそこじゃないと思うんですが……。やっぱり酔ってます？」

「そだねー。私、お酒弱いタイプでさ……男含めた飲み会とか、信頼できる友達が一緒じゃないと行けないいんだよね」

飲み会か……。まだ高校生の俺には想像もできない世界だな。

「お酒弱いのに飲むんですね」

「色々考えちゃう時にね……」

「考えるって、何をですか？」

何気ない雑談の延長で聞いたことだったが、香澄さんは少し悩んでから口を開いた。

「凛香のこと」

「凛香のこと？」

「羨ましいなーって」

香澄さんは遠い目で夜空をジッと見つめる。

これは、軽いノリではない。かなり深い部分だ。

以前にも香澄さんの口から『凛香が羨ましい』と出てきたことがあったが、今回の羨ましいは質が違う。

俺が黙っていると、香澄さんは雲に隠れた月を見つめながら言葉を続ける。

「アイドルとして成功して、好きな男の子と一緒にいられて……もう、完璧だよね。家事もこなして……非の打ち所がないってこのことじゃん」

「香澄さん……」

「もちろん凛香が努力を重ねているのは知っている。そばで見てきたからね……。あの子が幸せになってくれたら、姉としてこれ以上に嬉《うれ》しいことはないよ。心の底から応援してる。でもたまに、比較しちゃうんだよね……」

何と何を比較するんですか？　そんなことは聞くまでもなかった。

どこか寂しそうに、自嘲気味に話す香澄さんに……俺は何も言えない。

香澄さんのイメージは、遊んでそうなお姉さんだけど根っこは真面目……そんな感じだった。

まさか、こんな一面があるなんて……。

だが理解できることでもある。

あまりにも優秀すぎる妹がいると、姉として何かしら思ってしまう……。

それはごく自然の心理な気がした。

「あはは、酔いすぎたかな……。もう部屋に戻るね」

ベランダから去っていく香澄さんを見送る。寂しそうな背中に見えた。

「…………」

俺は最後まで何も言えなかった。何も言うべきではなかったのだ。

今の俺にできることは、香澄さんのために今の出来事を忘れることなんだろう。

俺が凛香《りんか》の家に泊まり始めてから数日が経過する。

最初はどうなることかと思ったが、凛香の両親は仕事や用事で不在、香澄《かすみ》さんは友達の家に泊まりに行く、凛香はアイドル活動で忙しいということもあって、家に残るのは俺と乃々愛《ののあ》ちゃんの二人になることが多かった。

乃々愛ちゃんと家でゲームをしたり、公園に行って虫取りをしたり……。

まさに天国にいるような時間を過ごしていた。ていうか乃々愛ちゃんと遊んでばっかり。

晩になると、凛香と凛香の両親が帰って来る。妻として振る舞う凛香に色々お世話（？）され、凛香のお母さんから微笑《ほほえ》ましい笑みを向けられ、幹雄《みきお》パパが意味深なことを言う……。

まあ、それなりに充実した夏休みを送れているのではないだろうか。

そんな日々を過ごし、気がつくと八月を迎えていた。

一人でネトゲをする時間がなくなり、昼間は基本的に乃々愛ちゃんと外で遊んでいるおかげで、夜はグッスリと寝られるようになっている。

「…………ん」

夢から覚めた俺は、朝を迎えたことを感覚的に知りつつ目を開ける。

視界に映り込んだのは見慣れた天井ではなく、凛香の顔だった。

もう視界いっぱいに凛香の顔……。超至近距離で目がバッチリ合う。

「えーと、凛香さん？」

「あ、や……これは、その……なんでもないわ」

凛香は慌てた様子で俺から顔を離し、ササッと立ち上がる。

取り繕ったように平然とした、凛香らしいクールっぽい雰囲気を醸し出しているが、やはり気になってしまう。

俺は体を起こし、直球で尋ねることにした。

「俺に、何かしようとした？」

「いいえ、何も。夫の可愛《かわい》い寝顔を眺めていただけよ」

「あんな近くで？」

「ええ。好きなものは近くで眺めたいでしょう？　それと同じよ」

「そ、そうですか。まあ……寝顔を撮られるよりはマシか」

「あら、寝顔ならすでに百枚近くは撮ってるわ。最高のお宝ね」

「もう変態の領域ですよ、凛香さん？」

なんか寝るのが怖くなってきたな……。他にも何かされてそうな気がする。

ネトゲ廃人で体力が全くない俺は、乃々愛ちゃんの遊びに付き合うだけで疲労困憊《ひろうこんぱい》になってしまう。

つまり、一度寝たら朝まで起きられない。……まあ、いいか。凛香なら大丈夫だろう。

「今日、私のライブに来てくれるのよね？」

「うん。絶対に行くよ」

今日は凛香のソロライブが行われる日である。香澄さん、乃々愛ちゃん、俺の三人で行く予定だ。香澄さんも前日から家に帰って来ている。言うまでもなくこれが俺の初めての生ライブ。俺はアイドルのライブに行ったことがない。興味があれど行く勇気が振り絞れず、スマホで観《み》るだけに留《とど》まっていた。

しかし今日は違う。行くのだ、初めての生ライブに。

香澄さんと乃々愛ちゃんが一緒なら何も緊張することなく行けるだろう。

「もう行くのか？」

「ええ。そろそろ出発するつもりよ」

そう言う凛香だったが、なぜか俺のそばに来てぺたんと座った。

どうしたんだろう。疑問に思っていると、凛香が恥ずかしそうにモジモジしながら口を開いた。

「和斗《かずと》に……してほしいことがあるの」

「……うん」

微妙に怖い。凛香は可愛いお願いから、腰を抜かすようなとんでもないお願いまでしてくる。その内容を聞くまでは一切気を抜けない。

「が、がんばれ、って私に言いながら……頭をなでなでしてほしいの……」

今回は可愛いお願いだった。

凛香が上目遣いでチラチラと俺の表情を窺《うかが》ってくる。

断られないことは分かっているけど、恥ずかしさが捨てきれない様子。

……もっと恥ずかしいことをしているだろうに。

今になっても凛香の線引き、恥ずかしさの基準が分からない。

とりあえず直接的な行為はアウトで、暗闇であれば積極的になる……。

甘える時は恥ずかしくて、甘やかす側でなら恥ずかしがることはない、といった感じか。

「和斗……なでなでで……」

「────ッ」

なんだこの可愛い生き物は……！

子供のような甘える声を発した凛香が俺の右手をむにむにに触って催促してくる。クール系どころか、甘えるのが下手くそな小動物といった感じ。

断言できる。今の凛香を世間に公表すれば、人気アイドルどころではなく、アイドル界の圧倒的頂点に君臨する……！

大げさだろうが、少なくとも俺にそう確信させるだけの可愛いがそこに顕在化された。

「が、がんばれ……凛香、がんばれ」

「んっ……」

心臓が爆発しそうなくらいのトキメキを感じながら、凛香の頭を優しくなでる。

すると凛香は心地よさそうに目を細め、口元を緩くさせた。

……なんか最近、凛香の頭を触ってばっかりだな。

もうそれだけの距離感になったということか。

時間にして二、三分ほど。

スマホで時間を確認した凛香が、名残惜しそうにして立ち上がった。

「もう行くわね」

「うん、がんばって」

「応援してくれるファンの人たち、そして和斗のために、今日のライブでは私の全てを出し尽くすわ」

さっきまでの甘い顔から一転、決意に満ちた表情を浮かべて宣言する。

あまりの切り替えの早さに驚かされた。きっとこれがプロなんだろう。

凛香が和室から出ていった後、ドアの隙間からヒョイッと和室に顔を覗《のぞ》かせた香澄さんが、何やらニヤニヤしていた。

「朝からイチャイチャしてるね～二人とも」

「……見ていたんですか」

「なーんにも見てない。二人の雰囲気で何かしたなーって分かったんだよ」

「そうっすか……」

恥ずかしいやら何やら。頬が少し熱くなるのを感じ、そっと横に視線を逸《そ》らした。

そんな俺を見て香澄さんが「青春っていいね～」と言いながらリビングに引っ込む。

……いや、香澄さんもまだまだ青春真《ま》っ只中《ただなか》だと思うんですが。

☆

少し早めにライブ会場に到着する。三千人収容可能の大型ホールらしい。席は前から六列目の中央辺り。そして前方に見えるステージで凛香がパフォーマンスを披露するのだ。

今回は凛香のソロライブなので、ステージに立つのは凛香一人である。

ちなみにスター☆まいんずで行うライブとなると、もっと大きい会場になることもざらにあるらしい（情報源は香澄さん）。

「あれ、緊張してる？　和斗くん」

右隣の席に座る香澄さんから心配そうに尋ねられた。

俺は何も言わず、首を横に振って否定する。

……もうこの仕草だけで緊張しているのが伝わったな。

もともと俺は注目されるのが苦手で、人が多い環境も苦手である。

こういうライブ会場に来ただけで心拍数が爆上がりした。

普通にしていられると思ったが、やはりダメだったらしい。

「あはは、別に和斗くんがステージに立つわけじゃないのに」

「分かってますけど……。それに、これから凜香がステージに立つのかと思うと……」

「あー、それは分かる。身内の晴れ舞台は見てるこっちがハラハラするよね」

香澄さんが納得したように、うんうんと頷《うなず》いた。

「えい、えい」

「乃々愛ちゃん？」

可愛らしい掛け声が左から聞こえたので顔を向ける。もちろん乃々愛ちゃんだ。

座席の前に立っている乃々愛ちゃんは頭にハチマキを巻き、だぼだぼの凛香Tシャツを着ている。両手には一本ずつペンライト（青色）が握られており、そのペンライトを一生懸命にぶんぶんと振っていた。

「えとね、こうやって、凛香お姉ちゃんをおうえんするの！」

「そっかそっか。きっと凛香も喜ぶよ」

Rinka♡
凜香推しっ

「うんー！」

心底嬉《うれ》しそうに満面に笑みを浮かべる乃々愛ちゃん。

だめだ可愛すぎる。殺人的な可愛さだ。

ニコニコ顔で「えい、えい」とペンライトを振り続ける乃々愛ちゃんに、俺は完全にノックアウトされた。

「香澄さん。乃々愛ちゃんを妹にください。俺の生涯をかけて乃々愛ちゃんを幸せにするので」

「気持ちは分かるけどさー、君までそっち側に行かないでくれる？　これ以上変人が増えたら頭が変になるんだよね」

「俺は真剣です」

「なおさら質が悪いじゃん」

香澄さんが圧倒的零度のジト目を向けてくる。

それでも乃々愛ちゃんを天使に思う俺の気持ちに変化はない。

なんかもう、これだけでライブ会場に来て良かったと思えた。

開演まで少し時間があるらしく、俺は適当に話題を振ることにする。

「凛香って、スター☆まいんずの中でも人気があるんですか？」

「そりゃあるよ、ソロライブするくらいだし。昔は奈々《なな》ちゃんが一番って感じだったけど……今はどうだろうね。凛香《りんか》が一番勢いあるかも」

「まじですか……」

「純粋に歌とダンスが上手ってのもあるけど、ストイックな姿勢が好まれているんじゃない？　あと冷たいようでいてファンには優しいし。クール系で売り出しているのに実は優しい、そのギャップも魅力に繋《つな》がってるのかもね」

「……学校では男嫌いで有名ですけど」

「それはまた別なんじゃないかな。ファンはファンとして見てるんだと思うよ」

「なるほど……」

まあファンにも冷たかったら普通に好感度は下がるか。いくらクール系といえど。

そもそも凛香自身、冷たい人間ではない。むしろ普通よりも温かみのある女の子だろう。

それからも香澄《かすみ》さんと適当に話をして時間を潰す。

気づけば会場内は観客で溢《あふ》れ返っており、爆発の予兆とも感じられる熱気が満ちていくような気配がした。

上手《うま》く言えないが……日常から切り離された、別世界に来たような気分に陥った。

☆

開演の時間から数分ほどが過ぎた頃。照明が落されたホール内は暗闇に包まれる。

幻想的な青白い光がステージを照らし出し、中央に立つ凛香の姿を浮き彫りにさせた。

心臓がドクンと跳ねる。

マイクを握り真っすぐ前を見つめている凛香。静止の姿勢。青色を基調とした爽やかな衣装を着ており、夏用とあって肌の露出も少し多め。いやこれが普通なんだろうか。健康的な二の腕から綺麗《きれい》な肌を覗かせる首回り。スカートから伸びる肉付きが良くもスラッとした脚……。

何よりも雰囲気が強烈だった。

肌を刺すような張り詰めた空気感……まではいかないまでも、静かな圧倒的存在感を凛香は放っていた。

これぱっかりは画面越しで味わえない。

意識するまでもなく、俺の目は凛香に釘付《くぎづ》けだった。

俺は凛香をクール系アイドルだと認識していたが、それは甘かった。

言動とかキャラとかそういうのではなく、ステージに立った時の存在感だ。

今朝の甘えてくる姿や、お嫁さんとして振る舞う姿とは一線を画すオーラ……。

凛香の登場によりホール内の世界観が一瞬にして変化し、全ての観客が呑《の》まれていくのが分かる。

現実離れ……あまりにも現実離れ。

これが、人気アイドルか。

スター☆まいんず結成当時は人気低迷だったとはいえ、たった数年で人気アイドルグループと呼ばれるようになり、メディアに露出するようになる。

そのグループ内で、最もパフォーマンスを評価されるクール系アイドルの水樹《みずき》凛香……。

努力を怠らない天才に、強運が合わさったような存在だろう。

「あ……」

俺が呆《ほう》けている間に凛香のライブが始まっていた。

曲のイメージは透き通るような大人びた雰囲気。凛香が歌いながら軽やかな動きを披露する。決して派手なダンスではない。何かを訴えるように腕をしなやかに伸ばし、力強い表情で綺麗な歌声を発していた。

誰もがステージの凛香に目が釘付けになっている。……当然か。

俺も含めて皆、凛香を観《み》に来ているのだから。

もし俺がアイドル通であれば何かを語れたのかもしれない。

しかし、今思えることは、心に強烈に響き、感情が揺らいだこと。

ただ、それだけ……。

「――――ッ」

本当の意味で理解する。俺、すごい女の子と付き合っているんだ。
こんな世界を生み出せる女の子が、普通なわけがない。
手足が震える。凛香から目が離せない。震えるのは肉体だけではない。心だ。
「すっげ……」
リアルとネットでは雲泥の差がある。
だからこそ、思うことがあった。
「……もっと惚《ほ》れるだろ、こんなの」
好きな人の新たな一面を見せられた気分だ。
いや、以前から知っていた一面だが、心の奥底にまでガツンと知らされた。
俺はただ凛香を見つめる。
そして――――目が合った。
気のせいかもしれない。客席は暗い。それにほぼ全ての観客が立っている。
でも一瞬だけ意識が繋がった感覚がした。
俺と凛香は校内において普通に交流できない。
人前では一瞬だけ目を合わせる、そんな些細《ささい》なやり取りを繰り返していた。
だからこそ、目が合い、意識が繋がったのだと思える。
……いや、勘違いの可能性もあるが。

こうやって男たちはアイドルにハマっていくのかもしれない。

ただ、絶対的な事実が一つだけあった。

俺は何年も前から『凛香』が好きで、そして今日、さらに魅了されてしまったことだ。

☆

「ほんとすごかったんだよ。何がすごかったのかって？　とにかくすごかった」

「カズくん……語彙力が小学生以下になってるよ……」

凛香のソロライブが行われた晩のこと。水樹家に帰ってきた俺は、この内から溢れ出る感動を伝えるべく胡桃坂《くるみざか》さんに電話をかけて猛烈な勢いで感想を口にしていた。

ついでに言うと、凛香はまだ帰って来ていない。

ライブ後の何かをしているのだろう。俺には分からない。

「動画で観るのとは全然違うよな。もうさ、迫力っていうのかな……空気感がまるで違うんだよ。それに凛香の雰囲気もすごくて……もうすごすぎる。俺の凛香に対する想いがすごいことになった」

「さっきからすごいしか言ってないよカズくん！」

「すごいしか言えないんだって。胡桃坂さんも凛香のライブを観たらきっとそうなる」

「観るどころか一緒に活動してるけどね、私」

　苦笑い気味にそう言う胡桃坂さん。そして頭を悩ませるように言う。

「……うーん、気のせいかなぁ。カズくんね、凛《りん》ちゃんの家に泊まりだしてからポンコツ気味になってる」

「俺が？　そんなことないだろ」

「ポンコツは言い過ぎたけど、ちょっと雰囲気が変わったかも。明るい変人さん方面に」

「胡桃坂さんにそう言われたらお終《しま》いだな」

「それどういう意味かなぁ!?　詳しく聞きたいかも！」

　深い意味はないです、と至極真面目な声で言ってみせる。

　いや胡桃坂さんはすごく魅力的な女の子だよ、本当に。

　決して恋愛感情の意味ではないが、胡桃坂さんのような女の子にこそ幸せになってほしい。

「……にしても俺、変わったのか」

「具体的にどう変わったのかは言えないけどね」

「最近、乃々愛《ののあ》ちゃんが天使に見えるんだよ。俺病気かもしれない」

「う～ん……言葉の意味によっては隔離が必要……？」

「本気で乃々愛ちゃんを妹に欲しい」

「病的だね」

でも気持ちは分かるよ！　と胡桃坂さんは言葉を続ける。

「乃々愛ちゃん可愛《かわい》いもんね。私も乃々愛ちゃんみたいな妹が欲しいって思うことあるもん」

「だろ？」

「でもね、すでにカズくんは乃々愛ちゃんのお兄ちゃんだよ」

「魂的な意味で？」

「スピリチュアルな話じゃないよ。カズくんは凛ちゃんと結婚してるんでしょ？　なら義理のお兄ちゃんだ！」

「義理、か……くそ」

「それでも不満なんだね……」

できれば本当の兄になりたかった。そういえば昔、兄弟が欲しいと思っていたな。

俺は凛香のライブについて話していたことを思い出し、話を戻すことにする。

「なんか俺、ライブにハマりそうなんだよな」

「ほんと？　それじゃあ今度、スター☆まいんずのライブにも来てほしいなぁ」

「前向きに考えておくよ」

「それ行かないやつだよね!?　凛ちゃん以外に興味なさすぎるよ！」

「冗談だよ」

「………ほんと？」

「うん。行けたら行く」

「カズくん!?」

本当に冗談だ。五人集まったスター☆まいんずのライブを観てみたい。

その気持ちは確かに俺の中で芽生えている。

でもスター☆まいんずのメンバー、全員は知らないんだよな……。

センターの胡桃坂さんに、凛香………他、誰？

俺と同じ学校に三人目が居た気がするが、あまり興味がなくてハッキリ覚えていない。

「ところでカズくん！」

「はい」

「凛ちゃんの家にお泊まりしてるけど……何か進展あった？」

「とくには」

「えー。すんごく仲良しになるチャンスなのに！　これは仲良し大作戦2を開始した方がいいかもしれないね！」

胡桃坂さんが元気よくそんなことを言う。2とかあるのかよ……。

「あー、でも、些細な変化だけど、名前が呼び捨てになったかな。今は和斗《かずと》って呼んでもらってる」

「名前が呼び捨て…………いいよ！　それ、すごくいいです！」

「そ、そうかな」

「うん！　些細な変化かもだけど、確実な一歩だよカズくん！　呼び方が変わるだけでも、ちょっと違うもん！」

「まあ、確かに……。以前よりも距離が縮まった気がする」

あくまでも、そんな気がする程度。明確に関係性が変わった感じはしない。

「私のことも奈々《なな》って呼んでいいからね！」

「えと……奈々、さん？」

「あはは、呼び捨てでいいよ。もう私とカズくんは仲良しなんだから！」

もちろん友達という意味でね！　と胡桃坂さんが明るい声で付け足した。

胡桃坂さんは何も気にすることなく言ったのかもしれないが、俺からすれば心が温かくなるほど嬉《うれ》しかったりする。こうやって仲の良い異性の友達が増えていくのか。

「じゃあ、これからもよろしく……奈々」

「うん！　よろしくね、カズくん！」

「……俺のことも和斗って呼んでいいよ」

「それはダメ！」

「なんでだ。そっちは拒否するのかよ」

今の流れで断られるとか、そんなことある?

胡桃坂さん――奈々が落ち着いた優しい声音で言う。

「だってそれは……凛ちゃんの特権だと思うから」

☆

奈々との電話が終わり、俺はスマホで適当にアイドルのライブ動画を検索してみる。

実に沢山の動画がズラーッと表示された。もう何から観たらいいのか分からない。

俺は和室の隅っこに腰を下ろし、イヤフォンを装着した。

とりあえずスター☆まいんずのライブ動画から鑑賞し、聞いたことのないアイドルグループのライブ動画にも目を通してみる。

「……ちょっと、物足りないな」

つい数時間前に凛香《りんか》のライブを生で体験したせいか、刺激が足りなく思える。

いや、観ていて楽しいのは楽しいんだが………。

そう思いながらも順番にアイドルのライブ動画を再生していく。

「あ、この子可愛いな」

「そうね、可愛いわね」

「ダンスも派手でパワフルだな……」

「和斗はそういうのが好みなのね」

「この子、一人で活動してるんだ」

「最近話題沸騰中の子よ」

…………。

やっぱり幻聴じゃないか。

いくらイヤフォンを着けているとはいえ、真横から話しかけられては聞こえる。

俺は恐る恐るイヤフォンを外し、ギギギッと錆《さ》びたロボットのように首を横に動かした。

当然そこに座っていたのは、俺の彼女にして人気アイドルの水樹《みずき》凛香様である。

なんとも言えない冷たい表情を浮かべており、怒っているのかも分からない。

……いつのまに帰って来たんだ。

「えーと、凛香さん？」

「何かしら？　早く動画の続きを観《み》たらいいじゃない。その女の、ね」

「……やっぱり、怒ってます？」

「別に。ただ……和斗は私以外のアイドルに熱中しているのね、と思っただけよ」

「ち、違う！　誤解だって！　俺は――」

必死に弁解しようとした直後。凛香が我慢しきれないといった感じで「ふふっ」と笑いを漏らした。

「……凛香？」

「分かっているわよ。私のライブを観て、純粋にアイドルのライブが気になったのよね。それで順番にライブ動画を観ていたところでしょ？」

「ちゃんと分かってもらえてる！　分かってもらえてるけど、なんか怖い！」

「怖いって何よ。和斗は私以外の女の子に興味ない、そのことを理解しているだけ」

「そ、そうですか……」

実際にそうなんだけど、凛香から言われると微妙な気持ちになってしまう。

「だって和斗は、私のことが大好きすぎるもの。ええ、それはもう、私以外の女の子が目に入らないほど……。和斗は私に夢中よ。妻のことが大好きすぎる夫……。ほんと困ったわね。どうしたものかしら」

クールっぽい表情を保とうとするも口元が明らかに緩む凛香。全然困ったように見えない。もし凛香に犬の尻尾があればバタバタ激しく振っていることだろう。

……あー、そっちに振り切ったのか。

俺から向けられる好意を把握し、完全に信頼したことによって、浮気を疑わなくなったのか。こちらとしては嬉しいし安心できるけど、やや過剰な気がする。

「私のライブ、どうだった？」

「……すごかったよ。率直に言って、心が奪われた」

「そうなのね……。私も和斗の熱い視線を感じていたわ。あんなに見つめられて………ドキドキが止まらなかったもの」

その時のことを思い出したらしく、凛香は頬を薄《うっす》ら赤く染めた。

「本当にすごいよな、凛香は。皆の心を良い方向に動かしている。俺もその一人だよ」

「和斗のおかげよ。和斗がいたから今もアイドルを続けているの」

「………そっか」

思わず否定しそうになったが、素直に凛香の言葉を受け止めておく。

俺の存在が凛香の支えになっていたのが事実だとして、それでも実際に頑張っているのは凛香である。これからも力になれるならなりたい。

「ねえ和斗。私、今日、頑張ったでしょう？」

「うん、すごく頑張った」

「だから………ご褒美がほしいの」

「ご褒美、ですか……」

また頭なでなで？　もしくは、それ以上のこと？

凛香が要求するご褒美は、予想だにしないことだった。

「私に、甘えて」

「え？」

「和斗に、甘えられたいの」

「甘える方じゃないんだ。ライブ後で疲れているだろ？」

「だからこそ甘えられたいの。甘えてくる犬や猫をヨシヨシしていると癒されるでしょう？　それと同じよ」

「ペット扱いですか、俺は？　本気で甘えるぞ」

「望むところ、むしろ大歓迎だわ」

……………弱ったな。

本気で甘えると言っても、どうしたらいいのか分からない。

でも凛香が望むならどうにかしなくては……！

「私にしてほしいこと、何かないかしら」

「あー……」

しばし考え、思い出す。

これを言うことに躊躇《ためら》いを感じる上に、なんとなく罪悪感を感じるが……。

俺の目を真っすぐ見つめる凛香に、素直な願望を伝える。

「甘えるというか、お願いなんだけど……」

「ええ、いいわよ」

「……今晩だけでいい。俺だけの、アイドルになってほしい」

☆

俺だけのアイドルになってほしい。

思えば、これほどストレートな欲求を凛香にぶつけたのは初めてだった。

『準備するから』と凛香は言い、和室から去っていく。

一人残された俺は、言っちまったー、と頭を抱える思いを感じていた。

いや、恋人なんだしこれくらいのことは……。

「かずとお兄ちゃん！　あそんでー」

タターッと小走りでやって来た乃々愛《ののあ》ちゃんが俺の右腕をグイグイ引っ張る。いきなり来たな……。

「ごめん、この後凛香と遊ぶんだ。また今度な」

「んぅ？　仲間外れ、ヤ！」

頬をぷくぅっと膨らませる乃々愛ちゃん。ぷいっと顔を背けた。……可愛《かわい》いな。一瞬、乃々愛ちゃんを優先しようかと思ってしまった。

「明日なら――」

「あ！　これなに観てるのー？」

子供の興味はころころと簡単に変わる。俺のスマホを発見し、手に取った。アイドルのライブ動画が表示されたスマホ画面をじっくり見つめる。

「かずとお兄ちゃんもアイドル好きなの？」

「まあ……好きだよ」

正確にはアイドルの凛香が好きである。結局、凛香以外のアイドルを見ても可愛いと思うだけで、それ以上の感情は抱けなかった。

「そうなんだー。じゃあ、わたしもアイドルになるー！」

「そっかそっか。乃々愛ちゃんは可愛いから絶対になれるよ」

「えへへ」

微笑《ほほえ》ましく思いながら俺が言うと、乃々愛ちゃんは嬉しそうに笑みを浮かべる。もしかしたら水樹家から二人目の人気アイドルが生まれるかもしれないな。

「わたし、アイドルになってくるね！」

そう言うと乃々愛ちゃんは、小走りで和室から去っていった。……え、そんな簡単にアイドルってなれるの？

俺が少し考えている最中、スマホに凛香からのメッセージが届く。

『今から私の部屋に来て！』

どうやら凛香の言う準備が整ったらしい。何を準備したのか……。

期待が胸の中に満ちていく一方、不思議な緊張感も感じていた。

☆

凛香の部屋に踏み込んだ俺は、雷に打たれたような衝撃を感じた。

なぜなら凛香が——アイドル衣装を着ていたからである。

今日のライブ衣装ではない。もちろんクール系のイメージに合うように基本の色が青色なのは同じ。服の一部が白色だったり胸元のリボンが可愛かったり……あ、これは見たことがある。俺が自室に飾ってあるポスターの衣装だ。唯一持っているポスターなので思い入れが強かったりする。

「今の私は……和斗《かずと》だけのアイドルよ」

「——ッ」

もう嬉《うれ》しいやら恥ずかしいやら。顔が熱い。凛香の顔が直視できなくなる。

俺だけのアイドルとか……キラーワードすぎるだろ。

「いつも応援ありがとう。これからも和斗の存在を励みに頑張るわね」

冷静な口調でそう言った凛香《りんか》が、優しく俺の右手を握ってくる。これは……握手会？

どうしたらいいのか分からず黙っていると、凛香の表情が柔らかくなる。

「緊張してるの？　口数が少ないわ」

「いや、えと……」

「いつもの和斗なら軽く何かを言うところよ」

「そう言われてもな……。凛香が綺麗《きれい》すぎるというか、可愛すぎるというか……」

「改めて妻の魅力に気づいたのかしら」

「どっちかって言うと、さらに惚《ほ》れた感じです、はい……」

「そ、そう……和斗は私にメロメロね」

「…………」

「…………」

握手をしたまま、お互いに赤面し、うつむき、黙り込む。なんだこの状況は……？

付き合う前に比べて、軽いボディタッチくらいなら慣れてきたと思っていた。

しかし、この特別なシチュエーションが本来普通の行為であったはずのこともドキドキさせる。今さらだが、俺と凛香は意外と沈黙することが多いよな……。

「ほ、ほんと和斗は照れ屋ね。たかが握手じゃないの」

「そう言うなら目を合わせてくれ。しかも声が若干高くなってるぞ」

「……次はツーショットを撮りましょう」

逃げたな。口に出さず、心の中でボソッと呟《つぶや》く。

凜香が俺の右手から手を離し、「スマホを出してくれるかしら」と言ってくる。

反抗することでもないので大人しくズボンのポケットからスマホを出すと、凜香が手を差し出してきたので渡した。

「ほら、私に身を寄せて」

「あ、はい」

言われた通り凜香に身を寄せる。だが微妙に指二本分くらいの距離があり、それに気づいた凜香がグイッと身を寄せてきた。凜香の肩が俺の腕に強く押し付けられる。

「和斗、何かポーズ考えてる？」

「いや何も。ていうかポーズとかあるの？」

「ええ。といっても今回は大きな動きはできないけれど。ピースが無難かしら」

凜香がスマホのカメラアプリを起動し、インカメラに切り替えて自撮りできるようにする。よく分からないままに撮影が行われてスマホが返却された。

撮影された写真を確認してみる。画面には引きつった笑みを浮かべる俺と、笑顔とはいかないまでも優し気な表情をした凜香が写されていた。撮影の角度といい凜香の自然な表情といい、明らかに撮影慣れしているのが伝わってくる。

なっている。

「写真とか普段撮らないから……」

どんな表情をしたらいいのか分からない。ピースをしているけど、かえって変な感じになっている。

「和斗の顔、歪《いびつ》ね」

「変顔コンテストに投稿すれば入賞できるわよ」

「そこまで酷《ひど》くないだろ。角度を変えて見れば意外とかっこよく……ないな」

「大丈夫よ。和斗がどんな顔をしていようと、私の気持ちは一切変わらないから。たとえエイリアンのような顔をしていても、ね」

「人以外でたとえられても全く嬉しくないんだけど？　むしろ自分の顔に自信なくなったんだけど？　エイリアンと比較されるレベルってやばいだろ」

もともと自分の顔に自信があったわけではないけどな。凛香以外にモテたことないし。

「勘違いしないで。和斗は本当にかっこいいわよ」

「凛香フィルターを通したらな……」

「いえ、本当にかっこいいの。クラスメイトの女の子たちも和斗のことをかっこいいと言ってるわ。中には告白を考えている子もいたわね」

「そんなバカな……。俺、女子から挨拶すらされたことないのに」

「橘《たちばな》くんと斎藤《さいとう》くんが防壁になっているのよ。あなたたち、裏では『おバカトリオ』と呼ばれてるし」

「おバカトリオ！　不名誉すぎる！」

「ちなみに和斗がリーダーとして見られているわ」

「俺、教室ではそんな風に見られていたのか……」

個人的には、教室の隅っこに置かれた観葉植物くらいの存在価値と思っていたが、思ったより人間として見られていたらしい。

もしかしたら……橘と斎藤がいなければ、俺はモテモテライフを送れた可能性が……？

まあ、凛香以外の女の子にモテたいとは思わないけど。

そんなことを考えながら、もう一度写真を見てみる。

「……俺の笑顔、やっぱり酷いな」

「そのうち慣れるわよ」

「そうかな……」

慣れるということは、これからも凛香と写真を撮るということなのだろうか。

……そういえば、誰かと写真を撮るのは初めてだな。

とことんネトゲにしか興味がなかった弊害か。

ひたすらボッチ道を歩んできた俺は人間関係が狭い。

「どうしたの？」

「いや、凛香と写真を撮るのは初めてだなーと思ってさ」

「言われてみればそうね。私のスマホには和斗の写真が沢山あるけれど」

「それは所謂《いわゆる》盗撮ってやつだな」

「夫を撮影するのに盗撮も何もないわ。そもそも和斗が悪いのよ。かっこいい顔を見せてくれたり、可愛い顔を見せてくれたり……。むしろ撮らない方がおかしな話よ」

「犯罪者理論じゃないかそれは」

「犯罪者理論じゃないわ、夫婦理論よ………待って。私、今、夫婦としての考え方を一つ見つけたかもしれないわ。夫婦はお互いを心の底から愛し、愛することに一切の疑問を持たないということ。つまり、犯罪すら厭《いと》わないほどに愛してるということね」

「その考え方を犯罪者理論って言ってるんだけど。一歩間違えれば警察沙汰ですよね」

分かっている、これが俺の彼女なのだと……！

あと、どんな写真を撮られてしまったのか気になるな。今度見せてもらおう。

「ねえ和斗。今の私にしてほしいこと、何かないかしら？」

「……最近それればっかりだよな。やっぱり俺に気を遣っているのか？　俺が両親について喋《しゃべ》ってから凛香はそればっかりだ」

決して怒っているわけではない。普通にしてほしいだけだ。

しかし俺の言い方が少し冷たかったのか、少し焦った様子で凛香が首を横に振って否定してみせる。

「誤解よ。気を遣っているわけじゃないの」

「じゃあなんで？」

「……大好きな人が、私の家に泊まってるのよ？　舞い上がってしまうのも無理はないわ」

「舞い上がるって……」

「夫のために何かしたい、夫に喜んでほしい。そう思うのはおかしいことかしら」

「おかしくは……ないな」

夫はともかく、好きな人のために何かをしたいという気持ちはよく分かる。

「私ばっかり好きなことしてるから……ええ、そうね。そういう意味では気を遣っているのかもしれないわ。……ただ、私の力で和斗に喜んでもらいたい」

「凛香……」

「もっと、和斗から求められたいの」

「────ッ」

いや、だめだ……可愛《かわい》すぎる。たまらず両手で顔を覆った。

ここまで強烈に想《おも》われて嬉しくならない男は存在しない。

この家に来てからというもの、何度も何度も凛香に迫られてきた。

いや凛香にその自覚があるのかは分からない。

純粋な気持ち……夫婦としての行動かもしれないが、俺としてはかなり追い詰められていた。

そう、理性の問題で。

そして今、カチッとスイッチが入ったのが自分でも分かった。

「……和斗………？」

すぐ目の前に居る凛香が、状況が理解できないといった顔でこちらを見ている。

気づくと俺は凛香の両肩を摑《つか》んでいた。

「……今の和斗、なんだか少し怖いわ……」

「…………」

「ねえ……？」

「好きな人から何でも言ってほしいとか、求められたいとか言われたら、さ……。色々、限界になるんだよな」

「えっ……え……？」

以前ネトゲのフレンドから教えてもらった、とある一文を思い出す。

——どんな草食系男子も、好きな女の子を前にしたら肉食系男子になる。

教えてもらった時の俺は『何言ってんだこいつ。草食は草食、肉食にはならないだろ』

と一蹴していた。……今は意味が分かる。多分これは本能的なやつだ。

「ま、待って……」

俺の雰囲気の変化に凛香は戸惑っているらしい。

「凛香が……言い出したことじゃないか」

「そ、そういう意味で言ったんじゃないの」

「そういう意味って？」

「それは……！　ま、まだ私たちにそういうのは早いと思うの」

「関係ない」

容赦なく凛香の言葉を切り捨てる。

さすがの凛香も動揺を隠し切れず、露骨に焦った表情を浮かべた。

「ま、まだ明るいわ」

「部屋は、な。外は真っ暗だよ」

「か、家族が居るわ」

「そうだな」

「――――！」

何かしらの邪魔が入らない限り今の俺は止まらない。

これまでの凛香の言葉が心の中に積り、一種の興奮状態に陥っていた。

自然と凛香《りんか》の両肩を掴む両手に力が入る。

「い、一旦落ち着いて和斗《かずと》。一度手を離して」

「………………」

俺が手を離すと、気圧《けお》されたように凛香が少しずつ後ろに下がっていく。

「……た、確かに私たちは夫婦よ。でもまだ高校生なの」

「そうだな」

「和斗から求められるのはすごく嬉《うれ》しいのよ？　でも、まだ心の準備が……」

「そっか」

「ちょ、ちょっと和斗……待って……」

凛香が何やらモゴモゴと言い訳するが、俺は気にせず詰め寄る。

そしてついに凛香の背中が壁に衝突した。

逃げられないように、壁に手をついて凛香の退路を塞ぐ。

頭の片隅で『これ少し前に流行《はや》った壁ドンじゃね？』と考えてしまう。

「か、和斗……ぁ……」

顔を真っ赤にし、口をアワアワさせて盛大にテンパる凛香。

そんな凛香を見て、ふと初デートのことを思い出す。

いつも夫婦とか言うくせに、いざ俺から迫られるとこれだ。

攻撃力はバカ高いけど、防御力は紙のようにペラペラ。攻撃力に極振りし過ぎだ。

今も目をぐるぐる回すくらい焦っている凛香を見て、思わず「全然クール系アイドルっぽくない」と言ってしまった。

すると凛香が俺の目から視線を逸《そ》らし、ボソッと呟《つぶや》く。

「か、和斗の前で……クールでいられるわけ、ないじゃない」

「…………」

まじか。この状況でまだ男の心をくすぐってくるのか……！

そっと顔を近づけていく。

観念したのか凛香はギュッと目を閉じてしまう。一度自分からしておいて……。

そういえば俺からキスしようとするの、これで三回目だったか。

一回目は、初めて凛香の家に行った時。二回目は初デートの時。

……………あれ、どうしてキスできなかったんだっけ？

そうだ、一回目は香澄《かすみ》さんが帰って来てできなかったんだ。

二回目は乃々愛《ののあ》ちゃんが家に帰って来て――――。

「ッ！」

これを直感というのだろう。

反射的に俺がドアを見た瞬間、勢いよくドアが開け放たれ――――。

「かずとお兄ちゃん！　わたしもアイドルになったよ！　みてみてー！」

ニコニコ顔のまさに天使スマイルを浮かべた乃々愛ちゃんが、堂々とこの場に乱入した。

…………。

デスヨネー。絶対にこうなると思った。

二度あることは三度あると言うし、それに少し前に乃々愛ちゃんが『アイドルになってくるー！』と言っていたから、まあ予想できる事態ではあった。

「んぅ？　凛香お姉ちゃんとなにしてるの？」

「あ、あー……なんでもないよ」

何も言い訳が思いつかず、苦笑いを浮かべてしまう。ひとまず凛香から離れておく。

乃々愛ちゃんは不思議そうな目をしていたが、自分の用事を優先することにしたらしい。

パッと可愛らしい笑みを浮かべて話しかけてくる。

「ねね、かずとお兄ちゃん！　わたし、可愛い？」

乃々愛ちゃんは真っ白なフリフリのドレスを着ており、スカートの端をちょこんとつまんで尋ねてきた。

「うん、すごく可愛いよ。その服、どうしたの？」

「んーとね、香澄お姉ちゃんからもらったの！」

「へー。なんで香澄さんが持ってるんだろ……」

「えへへ〜。ほかにもね、こんなことができるよ！」

上機嫌になった乃々愛ちゃんが、多分見よう見まねで凛香のダンスを始める。ぎこちないしダンスと呼べるほどでもないが、めちゃくちゃ可愛い。

きっと乃々愛ちゃんは天界からうっかり落ちてしまった天使に違いない。

気づくと俺は凛香から離れて、乃々愛ちゃんの応援をしていた。

「いいぞ乃々愛ちゃん！　もっと見せて！」

「うん！　いいよ！」

どんどん盛り上がっていく俺と乃々愛ちゃん。

そんな俺たちを後ろから見ていた凛香がボソッと――。

「私は放置？　この思い、どこに向けて発散したらいいのかしら」

それいけ！　シュトゥルムアングリフ

家に帰ると家族が居る。自分の特別な日を祝ってくれる家族が居る。
そのことを特別だと思えるのか、普通のことだと思うのか――。
俺は、特別なことだと思っていた。
特別というより、あり得ないことだと思っていた。
学校から誰も居ない家に帰ると、真っ先に自分の部屋に向かってパソコンを起動する。
そして唯一自分が認められる世界――ネトゲを始めるのだ。
それが俺の四歳から送ってきた、当たり前の日常だった。
もちろん毎年の誕生日はネトゲ内で過ごした。
両親からはついでのように「おめでとう」と言われるだけ……。
いつだって両親から与えられるのは、子供には過ぎたお金だった。
簡単な計算もできない小さな頃から一人でコンビニに通い、その小さな手で握りしめた
五百円玉で安い弁当を買う……。
そんな子供時代だった。
平凡な俺に、特別なものはない。
本当の意味で空っぽだった。

ネトゲ以外に趣味はないし、何かに興味を持つことがなければ、持つ気もない。

寂しいという感情を抱いていることにすら気づかず、小学時代・中学時代の俺は全てを忘れるようにネトゲに没頭した。

そうして繰り返される空っぽの時間……。

けれど今になって思う。

空っぽでよかったと。

なぜなら、途方もない愛を向けてくれる女の子を丸々受け入れることができるから。

俺の存在が彼女の支えになっていたように、俺もまた、彼女の存在が支えになっていた。

それは、リアルで会う前からのことでもである。

☆

「あのー凛香《りんか》さん。ネトゲがしたいです。パソコンを少しだけ貸してください」

「だめ」

「そこをなんとか――」

「だめ」

全く相手にされない。ぷいっと凛香は俺から顔を背けて教科書を読み始める。

昼食後、乃々愛《ののあ》ちゃんが友達と遊びに行ってしまい俺は暇になってしまった。そこで凛香の部屋に向かい『ネトゲをさせてほしい』と凛香に頭を下げたのだが、『だめ』の二文字しか返ってこなかった。

夏休みが始まってからというもの、俺はネトゲをしていない。別に我慢をしていたわけではないが、ネトゲをしていないことに気づいてしまえば、どうしてもネトゲをしたくなったのだ。これはもう禁断症状に近い。

……ほら、ネトゲがしたくて手が震えてきた。

ちなみに凛香は本日、オフの日だそうです。

「自分以外の人にパソコンを触らせたくないとか？」

「そんなことないわよ。和斗《かずと》になら触られても構わないし、私のパソコンに恥ずべきものなんて微塵《みじん》もないもの」

「じゃあ、どうして？」

「……お仕置きよ」

「へ？」

「昨日、私を放置して乃々愛と遊んでいたでしょう？」

「本当にごめんなさい。乃々愛ちゃんが可愛《かわい》くて………。まだ怒ってる？」

「怒ってないわ。ただ私は、いかに妻が大切な存在かを理解して欲しいの」

「理解、してるって」

「本当かしら」

「本当だよ。だからネトゲを――――」

「だめ」

「なんで!?」

「宿題をしてるのかしら。夏休みの」

「あっ」

凛香の視線が教科書から俺に向けられる。そういえば全くしてない。

「やっぱりね。今から一緒に勉強しましょうか」

「……………はい」

こうして、凛香とのお勉強会が始まった。

☆

和室に移動した俺と凛香は、折り畳み式テーブルの上に夏休みの宿題を並べていく。テーブルの大きさは何とか二人が横に並べるサイズ。俺が最初に着手したのは数学の問題集だった。これはめんどくさい。

シャーペンを握ったところで、早くも集中力が切れた。

「なあ凛香。まずネトゲをしてから――」

「だめ」

「そこを――」

「しつこいわよ和斗。何かを成し遂げるには己を律する心……自制が必要となるの。ここは我慢して宿題を片付けなさい」

「はい……」

肩と肩が触れ合う、そんな距離で隣に座る凛香からキツイ言葉を頂く。

「私だって本当は遊びたいわ。せっかくのオフの日ですもの。けれど、今後のことを見据えると今は自制すべきタイミングなのよ」

さすがは人気アイドル、自制はお手の物ってことか。

…………。

いや、よくよく考えれば、俺がおかしい側では……？

今まで凛香の方がおかしいみたいな雰囲気だったけど、リアルでもお嫁さんという考え方を除けば、凛香はまともな気がする。いや、至極まともだ。

むしろ……俺がおかしい！

俺自身、自分の生活が当たり前で何も特別視していなかった。

だから何も意識することなくスルーしてきたが、客観的に見るとかなりヤバくないか？

暇があればネトゲ。飯も基本、卵を口にするだけ……。

外に出ることなく、まるで修行僧のようにパソコン画面に向き合う日々。

そりゃ今の時代、俺のような人は他にも居るだろうけど……。

一般的には普通じゃない。

そこへくると凛香は違う。

人気アイドルになるべく、ひたすらダンスや歌の練習を重ね、ファンとの交流を大切にし、他にも様々な努力を行っているだろう。

差があるな……。

俺と凛香の間に、途方もない差がある。

別に卑屈になるわけではない。

でも、これでいいのか？　と自分に問いかける自分がいる。

懸命に努力する人が身近にいると影響されるような……そんな感じだ。

「凛香、俺頑張るよ」

「急にやる気になったわね。どうしたの？」

「凛香からエネルギーを貰《もら》ったんだ。宿題くらいやってみせる」

「よく分からないけれど……応援するわ、頑張って」

「ありがとう」

俺は数学の問題集に目を落とし、一問目に取り掛かる。

無我夢中で解き続け、やがてどうしても分からない問題に来て手が止まってしまった。

頭を悩ませていると、凛香が俺の問題集を覗《のぞ》く。

「和斗さえ良かったら私が勉強を教えるわよ？」

「いや、凛香も自分の宿題があるだろ？　俺のことはいい。自分のために時間を使ってくれ」

同級生の人気アイドルに勉強を教えてもらえるのは、かなり嬉《うれ》しいことだ。

人によっては、お金を払ってでも望むことだろう。

しかし、こういう時こそ自制が必要。

凛香の時間は貴重なんだ、ここで時間を無駄にさせたくない。

「優しいのね、和斗。でも大丈夫よ」

「え」

「これくらいの量ならすぐに終わるわ。ただ書く手間があるくらいね」

凛香は夏休みの宿題一覧が記されたプリントを手に取り、さも当たり前のように言った。

よく分からないが、恐ろしく頭が良さそうな発言だな。

そういえば凛香と学業関連の話をしたことがない。夏休み前の期末テストも完全にスルーだ。凛香が忙しそうにしていたのがスルーした理由の一つ。

もう一つの理由として、俺が人にテストの話を振ることはないということ。

人に自慢できるほど成績が良くないため、なるべく学業関連の話はしたくない。

勉強するよりもネトゲ、そんな俺の成績は平均よりちょい下くらい。授業と宿題以外で勉強することはないに等しい。いや、授業中はネトゲのことを考える or 凛香の後ろ姿を眺めることが多いので…………。

今さらだけど全く勉強してないな、俺。人生をネトゲに極振りというやつだ。

凛香はどうなんだろう。やっぱり賢いんだろうな。

でもアイドルとして忙しいから勉強する時間はないはず。成績は良くて中の上くらいか？　しかし先ほどの発言を考えるに、宿題を余裕で解けるだけの学力はあるはずだ。

……どうしよ、めっちゃ気になる。

今まで他人の成績なんて気にしたことがなかったのに、凛香だけは猛烈に気になる。

「……いきなりだけどさ、凛香の学年順位は？」

「上から十番目辺りね。毎回その辺りを彷徨《さまよ》っているわ」

「すごいな……。いつ勉強してるんだ？」

「学校の授業だったり、ちょっとした隙間時間に教科書を読んでいるわね」

「……それだけ？」

「教科書は一度読めば大体覚えられるもの、そんなに時間かからないわ」

「まじもんの化け物じゃん……」

「ネトゲの時間を作ろうと思ったら勉強の時間を削るしかない……。そう思っていたら、一度読んだだけで教科書の内容を覚えられるようになっていたの」

なるほど、これが天才というやつか。素直に羨ましい。もし本腰を入れて勉強すれば学年一位いけそうだな。……俺もネトゲしてる時間を勉強にあてれば学年上位にいけるのだろうか。という想像を今までに何回かしたことがある。

「なんとかして和斗と遊ぶ時間を確保したかったのよ」

「そ、そうなんだ……」

ちょっとテレるじゃないか。俺と遊ぶために天才級の頭脳を手に入れたわけだ。もうよく分からんな。

「そうだわ、少しでも勉強を楽しくするために、一つ工夫しましょう。三問解くたびに、和斗が私に頭なでなでするの」

「え、俺がしてもらえるんじゃなくて、俺が凛香の頭をなでるの？」

「そうよ。私の頭をなでる権利が与えられるの。だから早く解いて」

「俺が全然楽しくないんですけど……いや、楽しいか？」

人気アイドルの頭をなでなでする……それは、人気アイドルのイベントでは絶対に行えないことだ。

そう考えると、たった三問解くだけで頭なでなでは破格のサービスとも言える。

……まあ釈然としないけどな。それに普段からなでなでをお願いされてるし。

「あとは雰囲気作りね。緩い空気感で勉強するよりも多少の緊張感、つまりサボれない雰囲気の中で勉強するのが一番よ」

「雰囲気作りか……。具体的にはどうするんだ？」

「私が先生になるわ。先生の前ではサボれないでしょう？」

「お、おお……？」

先生になるとはどういう意味なんだろう。戸惑う俺をよそに凛香《りんか》が和室から出ていき、数分ほどして戻ってきた。しかし服装が変わっている。さっきまでシャツに短パンというラフな服装だったのに、女教師のコスプレ——白いブラウスに少し長めの黒スカートに着替えていた。もちろんメガネをかけている。先生らしい理知的な雰囲気を漂わせていた。

「……凛香？」

「先生を呼び捨て？　ちゃんと凛香先生と呼びなさい」

「ノリノリかよ。そんなコスプレ服まで持ってるんだな」

「これはお姉ちゃんの私物よ。借りてきたの、無断で」

無断なのか。香澄《かすみ》さんは今朝から出かけてしまったから仕方ない……のか？

それにしても乃々愛《ののあ》ちゃんが着ていた白いドレスといい、どうして香澄さんは色んな服を持っているんだろう。服を集める趣味でもあるのだろうか。

疑問に思っている俺に凛香は気づいたらしく、簡単に説明してくれる。

「お姉ちゃんも昔はアイドルを目指していたのよ」

「え、そうなの!?」

「本人は忘れたい過去らしいけれど。この服は、その名残ね。他にも色んなコスプレ衣装があるわよ」

乃々愛ちゃんが着ていた白いドレスのサイズを考えるに、小学一年生の時点でアイドルに憧れを抱いていたはずだ。まさか香澄さんにそんな過去があったなんて……。

「でもアイドルとコスプレって関係あるの？」

「コスプレに関してはお姉ちゃんの趣味じゃないかしら。今はもう興味ないみたいだけど」

「そうなんだ」

アイドルを目指していたり、コスプレ趣味があったり……。今の香澄さんのイメージからは到底想像できない。

「さて、勉強を再開しましょうか。それと、ご褒美を追加するわ」

「ご褒美？」

「一冊解き終えたら、私をハグできる権利が与えられるわ」

「なるほど、つまりそれまでハグ禁止か……」

俺がそう呟《つぶや》くと、凛香がハッとしたような表情を浮かべてから真顔になり——。

「よかったらその問題集、私がやってもいいわよ。二十分で処理するわ」

「おい先生、いきなり自制がぶっ壊れてますよ」

☆

「だめだ、難しい……！」

凛香の頭なでなで権利が与えられる三問目でつまずく。

こういう時に思うんだよなー、コツコツ勉強しておけばよかったと。

う〜んと唸《うな》りながら数学の問題を睨《にら》んでいると、ツンツンと肩を突かれた。

なんだと思い隣を見る。なぜか凛香が小声で「和斗《かずと》、和斗」と言いながら、自分のノートにシャーペンを向けていた。なんとノートには問題の答えが……！

「凛香先生!?」

「先生の役割は生徒を正しい道に導くこと……つまり、時には答えを示す必要があるのよ」

「カンニングじゃないか。不正だよ、不正。間違った道に導いてる」

「だって……早く頭をなでてもらいたいんだもん」

「だもんって……」

感情の読めないクールな表情ながらも、凛香は拗《す》ねたように唇を尖《とが》らせた。

あれー？　この人気アイドル、俺よりも自制できてないですよ。

「三問目で時間をかけるなんて嫌がらせ行為に等しいわ。楽しみにしている私を焦《じ》らして愉悦に浸っているのでしょう？　いじわる和斗ね」

「誤解だ！　俺がバカなだけです！……なんてことを言わせるんだよ！」

「和斗が勝手に言ったんじゃないの……。そもそも数学を学んだところで意味があるのかしら。この先の人生で求められるのは、いかに周囲の環境、人間関係に馴染《なじ》むかよ。極論、バカでも世渡り上手であれば人生成功するわ」

「おいおい、先生役してる人のセリフじゃないだろ、それ」

「いいえ、むしろ先生が言うべきセリフよ。社会人が感じるストレス、その多くの原因が人間関係なの。リアルでは純粋に生きることが難しいということね。実際、私がアイドル活動する上で最も頭を悩ますのが大人たちとの付き合いだから」

「……ネトゲでも人間関係の問題はあるけどなー」

「………そうね」

何かを思い出したのか、凛香は口を閉ざしてノートをジッと見つめた。

結局、ネトゲをプレイしているのが人間たちである以上、何かしらの問題は生じる。

それだけは決して避けられない事実。

純粋な関係を求める凛香からすれば受け入れがたいことかもしれない。

俺は凛香の気持ちや考えに共感できる一方、ネットだからこそ可能な軽い付き合いもアリだと思っている。

リアルでは人間関係を築くことが正義とされる。

つまり相性が悪い人間とも付き合えと、そう社会から強制されるのだ。

結果、友達の多さがステータスとなる風潮が生まれる。

しかしネトゲではそんなことがない。

自分の気持ち次第で気軽にフレンドになれるし、最終手段になるがアカウントを作り直して人間関係をリセットすることもできる。

……まあ、そこまで深く考えながら俺は行動してないけど。

無理せず自然体に過ごしていたら橘《たちばな》、斎藤《さいとう》という何も気負わず一緒に居られる友達ができたし、ネトゲでも凛香と繋《つな》がることができた。

………………。

凛香は、どうして純粋な心の付き合いにこだわるんだろう。

それが『水樹《みずき》凛香』なのかもしれないけど、人がこだわりを持つには必ずきっかけ……理由が存在するものだ。

「和斗、どうしたの？　なんだかボーッとしてるわ」

「いや………………」

もっと凛香について知りたい。もっと深い部分を理解したい。

けど、今俺がすべきことはハッキリしている。

ヘタレ草食男子の俺だが、それでも男。

好きな女の子に情けない姿ばかり見せられない。

「宿題、やるからには自分でやるよ」

「和斗……」

「これはなけなしのプライドだ。ほんの少しでもいい。凛香にいいところを見せたいんだ」

「それはいいから早く私の頭をなでなでしてくれないかしら」

「台無しかよ俺のやる気」

ま、たかが宿題だしな。そう気負わず普通に頑張ろう。

シャーペンを握り直したところで、来客を知らせるチャイムが聞こえた。

凛香が「ちょっと行ってくるわね」と言い腰を上げた瞬間、凛香のスマホから着信音が鳴る。不運（？）にも来客と電話が重なった。

「俺が見てくるよ」

「ええ、ありがとう」

来客の対応は俺がした方がいいな。和室から出て、インターフォン前の光景が映される
モニターを確認しに行く。……誰も映ってない。いたずらか？

一応、ちゃんと確認しておくか。

俺は玄関に向かい、ドアを開ける。やはり誰も居ないかと思いきや――――。

「ニャ」

「……はい？」

黒猫が居た。ちょこんと黒猫が座って、俺を見上げている。

少しふっくらとした体格に、良い食事をしていることが分かる綺麗《きれい》な毛並み。

その丸っこい瞳に警戒心の光は一切ない。

そして飼い猫であることを証明する茶色の首輪が付いていた。

……シュトゥルムアングリフだ。どこからどう見てもシュトゥルムアングリフだ。

「お前、なんでここに居るんだ？　また脱走？」

「ニャオ」

軽く一鳴きしたシュトゥルムアングリフが、俺の脚にスリスリと寄ってくる。可愛《かわい》い。

とりあえず抱っこしようと思い、シュトゥルムアングリフの両脇に手を突っ込んで持ち上げる。持ち上げる時に抵抗されるかと思ったが、完全に無抵抗、むしろ体から力を抜いて身を委ねてきた。

ちなみに茶色の首輪には名前と電話番号が書かれている。脱走が多いので胡桃坂《くるみざか》さんなりの対策だろう。

「大変よ和斗。さっき奈々《なな》から電話があって、シュトゥルムアングリフが家から脱走したらしいわ」

後ろから凛香に声を掛けられ、俺は可愛らしい黒猫を抱えながら振り返った。

「えー、脱走猫……捕獲しました」

☆

「夕方になったら奈々が迎えに来るそうよ。それまでシュトゥルムアングリフを預かってほしいとお願いされたわ」

「了解……おー、可愛いな。よしよし」

奈々との電話を終えた凛香が話しかけてくるも、俺はシュトゥルムアングリフに夢中になっていた。そうなるのも人間なら無理はない。なんせ和室に戻るなりシュトゥルムアングリフがお腹《なか》を見せて転がり、べた甘えしてきたのだ。あまりの可愛らしさにお腹をなでなでするると、「ニャッ、ニャッ」と気持ちよさそうに鳴き声を上げて……もうたまらない。さらさらした毛並みに、弾力のあるお腹……全てが最高すぎる。

「和斗は猫が好きなのね。普段では見せないような、すごくだらしない顔をしているわ」

「そんなに？　あー、でも、小さい頃、母親に黒猫を飼ってほしいってお願いしたことがあったな……」

まあ、『また今度ね』とはぐらかされていたけど。その『今度ね』は永遠にない。

俺がグシャグシャーと毛並みを乱すようにお腹をなでなでするると、シュトゥルムアングリフが少し強めに「ニャッ」と鳴いた。

「きっと乃々愛に会いに来たんでしょうね。シュトゥル――――その子、たまに家に来るのよ。どこからかマンションに入り込んで、器用にインターフォンを押してね」

「普通にすごいよな……。それに行動範囲も広い。この間なんて学校前に来ていたからな」

「あら、その子とは初対面じゃなかったのね」

「うん。琴音《ことね》さんと校門前で話していると、シュトゥルムアングリフが擦り寄って来たんだ。すごく可愛かったよ」

「……その話、詳しく聞かせてもらえる？」

「もちろん。その時もお腹を見せて甘えてきてさ……ほんと最高だった」

「そう。あの女、私がいない間にそんなふしだらなことをしていたのね。人の夫を誘惑するなんて許せない……！」

「ねえなんの話をしてる？　俺が言ってるのは猫の方なんだけど」

謎の話の食い違い。凛香《りんか》が鋭い目つきで虚空を見つめる。今にも呪詛《じゅそ》を唱えそうで怖い。

……凛香はともかく、これまでのことを思い出すと、シュトゥルムアングリフとは何かしらの繋がり……縁を感じてしまう。一度目の出会いは校門前。二度目は電話。そして三度目は凛香の家の前。

偶然が重なっただけとも言えるが、俺は運命の出会いだと思いたい。

とくに黒猫は幸運を運ぶ存在とも言われている。だからなんだという話なんだけども。

「シュトゥ………シュトゥルムアングリフ、久々ね。あなたが子猫の頃に何度か会っているのだけれど……私を覚えているかしら」

凛香が赤子を相手にするような優しい声音で話しかけ、頭をなでようと手を伸ばす。

しかしシュトゥルムアングリフは——ぷいっと顔を背けてしまった。

「そ、そんな……どうして……ッ！」

目に見えてショックを受ける凛香。シュトゥルムアングリフの頭に伸ばしていた右手がプルプルと震える。人懐っこい黒猫かと思っていたが、別にそうでもなかったらしい。

悲しそうにする凛香を尻目に、シュトゥルムアングリフが、あぐらをかいた俺の脚の間に潜りこんでくる。……俺には異常なほど懐いているな。どういうことだ。

いや琴音さんにも懐いていたから……ひょっとして凛香にだけ冷たいのかもしれない。

「ま、可愛いからいいか。よしよし」

「……この感情に、どんな名前を付けたらいいのかしら。有り体に言って、不満ね」

俺に甘えるシュトゥルムアングリフを見て、凛香が言葉通り不満そうに唇を尖らせる。

これはもう仕方ない。奈々が来るまでの間、とことんシュトゥルムアングリフで癒されよう。

俺はシュトゥルムアングリフの頭や体をひたすらなでなでする。

一切抵抗されることなく、心地よさそうな「ニャッ、ニャッ」という短い鳴き声が返ってきた。

「よしよーし。いっそ俺の猫にならないか？」

「ニャオォ」

「猫との戯れはそれまでにしましょう。和斗《かずと》、勉強の続きよ」

「勉強は後回しでいいんじゃないか？　今はシュトゥルムアングリフとの時間を大切にしたい」

「でも――――」

「後でちゃんとやるからさ。おー、よしよし」

俺は凛香に目を向けることなく、脚の間にすっぽりと収まっているシュトゥルムアングリフを可愛がる。こんな可愛い生物を前にして勉強に集中するなんて、それはもう犯罪行為だ。猫がいれば猫を可愛がる、それが人間として正しい行動ではないだろうか。

くい、くい。シャツの背中部分が引っ張られる。凛香だ。見なくても分かる。

俺の視線はシュトゥルムアングリフに固定されていた。

「ねえ和斗。私のことも見てよ」

「よしよし、可愛いなーお前。ほら凛香も見なよ。めっちゃ可愛いから」

「………………」

夢中でシュトゥルムアングリフをなでなでする。

すると再びシャツの背中部分がグイーッと引っ張られた。

「と、特別に……ネトゲをさせてあげるわ。どう、嬉《うれ》しいでしょ？」

「いや、いいや」

「和斗────」

「よしよーし……あ、手をペロッとされた！　なあ見た!?　今、ペロッてされた！」

「………………」

「凛香………………？」

反応がなかったので振り返って凛香の方を見る。ヤバいことになっていた。

なんかもう、リスみたいになっている。

凛香の頬がパンパンに膨れ上がり、「むぅーっ！」と可愛らしく唸《うな》っていた。

「あの、凛香さん？」

「た、大切な妻をほったらかしにして……猫ばっかり……ッ！」

「え、あ、いや……違うんだ、これは」

「何が、違うのよ……！　わ、私に……目もくれなかったわ……！」

これは本当にヤバい。マジ怒りだ。普段のクールフェイスが完全に崩れ去っている。

どこか拗《す》ねたようにも見える怒りの表情。それでも可愛い顔なのは凛香ゆえか。

「ええ、確かに和斗は私以外の女に興味を示さないわ。でもそれは人間に限った話……。

つまり、人間以外のメスには興味津々だったのよ！」

「なにぃぃい!?って、そんなわけないだろ！　普通に猫が好きなだけです！」

「ほらやっぱり！」

「何がやっぱりなんだよ！　えー、いや、えー……どう説明したらいいの？」

俺が頭を抱えていると、勢いよく立ち上がった凛香が、ビシィッとシュトゥルムアング
リフに指をさした。

「こ、この泥棒猫！　和斗を返しなさい！」

「ニャッ!?」

凛香の怒声に驚いたシュトゥルムアングリフが大きく目を見開く。人間らしい反応だな。

「和斗は私の夫よ。そんな気安く擦り寄らないで。そもそも、私ですらお腹なでなでされたことないのに……。まだ頭しかなでてもらったことないのに……！」

「ニャーン」

「なんて媚《こ》びるような鳴き声かしら。私、分かっているのよ。あなたがなぜ私の家に来たのか……。そう、和斗が目的でしょう！」

それはない。……と思う。しかし今の凛香は冷静さを失っている。

かつてはラノベの表紙に描かれたヒロインにまで嫉妬し、『ま、和斗くんの妻は私よ。あなたがどれだけ魅力的だろうと、夫婦の絆《きずな》は揺るがないわ。今のうちに笑っていることね』と言い放っていたこともある。

一匹の黒猫に嫉妬心をむき出しにしてもおかしくなかった。

「早く和斗から離れなさい。和斗に甘えていいのは私だけなの」

凛香の敵意が伝わったのか。シュトゥルムアングリフが俺の脚から降りて凛香と向き合う。そしてついに、シュトゥルムアングリフ（黒猫）ＶＳ水樹《みずき》凛香（クール系人気アイドル）の種族を超えた真剣勝負が始まった……！

「ニャーオ！　ニャーオ！」

「そうね、確かに今の和斗はあなたに夢中よ！　でもそれは一時的なこと……夫婦の絆に影響はないわ！　あなたのように媚びを売るだけのメスはすぐ飽きられる運命なのよ！」

「ニャニャ！　ニャーン！」

「そ、そんなこと……！　ない、絶対にないわ！」

猫と本気で口喧嘩《くちげんか》するクール系アイドルが、目の前に居た。

一体何を話しているんだろうか。

久々に凛香のヤバいところを見ているな、俺。

まあでも、こうして見ている分には少し楽しかったりする。

「ニャーン！」

「くっ……！　私の負け……だなんて」

なんか決着がついたらしい。負けたのかよっ。

誇らしげに「ニャッ」と鳴く猫と、うなだれる凛香。

もう真剣にどこまでも意味が分からない。意味が分かったらヤバいパターンだ。

「さよなら……和斗……」

「えっ!?」

顔を伏せた凛香が和室から出ていく。この場に残されたのは俺と黒猫……そして虚《むな》しさ。

状況を理解する前に全てが終わってしまった。

「どこに行くつもりなんだよ、凛香」

正直なところ、まったく状況についていけない。

だが凛香に悲しい思いをさせてしまったのは分かる。……俺か。俺が悪いのか。シュトゥルムアングリフに夢中になり、凛香をぞんざいに扱ってしまった。

……多分凛香は自分の部屋に戻っている。今から謝りに行こう。

そうして俺が腰を上げた次の瞬間、再び凛香が姿を現した。

「にゃ、にゃーん……。も、もどってきたわ……」

黒猫のコスプレをして――。

☆

凛香は香澄《かすみ》さんの部屋に行ってコスプレをしてきたらしい。

ひざ丈の黒ワンピースに、黒い猫耳カチューシャ、黒の首輪……。

さすがの凛香も恥ずかしさを感じているらしく、顔が真っ赤になっている。

それでもなお、両手を猫の手に見立てて「にゃーん……っ」と呟《つぶや》いた。

「……凛香？　猫の亡霊にとりつかれたのか？」

「ち、違うわ、これは私の意思よ……。和斗が黒猫にメロメロなら、私も黒猫になればいいいだけのこと。つ、妻として……負けるものですか……！　にゃーん」

「さすが凛香、発想が斜め上に突き抜けたな」

あと語尾が慣れていない。取ってつけたように『にゃーん』と言っている。

当たり前だがクール系アイドルとして活動してきた凛香に、このような振る舞いができるわけがない。経験どころか知識も全くないはずだ。

「なんかその……やめよう、な？」

「お、夫の心を……奪われたのよ？　なりふり構ってられないわ……にゃ」

「少しはなりふり構ってくれよ。その、見てられないです……」

「そ、そんなに似合ってないかしら……？　確かに私には可愛《かわい》い系のコスプレは似合わないでしょうけど……見てられないほどなんて……にゃん」

どんどん凛香の声が小さくなっていく。今にも泣き出しそうな頼りない雰囲気だ。

「あ、いや、悪い意味じゃないんだ。むしろ似合いすぎてるというか……。可愛すぎて直視できない……です」

昔、橘《たちばな》が『猫耳美少女最高だろ！　男のロマンは猫耳だ！』と力説していた。俺はアホらしく思い話を流していたが……なるほど、これはロマンだ。

いや、クール系アイドルだからこその魅力。

コスプレはもちろん、フリフリのついた可愛い系の衣装すら着ている姿を見たことがない。それは俺だけではなく全国民がそうだろう。

もっと言うと、恥ずかしがっているのがグッとくるポイントの一つになっている。

「本当に可愛い。こんなに可愛い存在を見るのは生まれて初めてだ」

「いいのよ、無理しなくて。私もアイドルの道を行く者、自分を客観的に見ることができるわ。……全然似合ってないのよ、私に黒猫のコスプレは」

「そんなことない！　本当に可愛いぞ！」

「……ほんと？」

「ああ！」

「じゃあ私を可愛がってくれる？」

「もちろ────え？」

「シュトゥルムアングリフよりも、私を可愛がって」

これでもかと頬を真っ赤にした凛香《りんか》が、ジーッと俺の目を見つめてくる。

何かを堪《こら》えるように両手をギュッと握りしめていた。

おそらく必死に恥ずかしさを胸の奥に押し込めている。

「その、さ。凛香よりもシュトゥルムアングリフが好きになったわけじゃないよ」

「分かっているわ」

「あ、分かってるんだ」

「それでも、私以外の存在に夢中になっている和斗《かずと》を見るのが嫌なの……。ええ、重いのは分かっている。分かっているけれど、和斗には私だけを見て欲しいの……」

「―――ッ！」

凛香の懇願する言い方に、胸が締め付けられる………あまりの可愛さで。

好きな女の子が、気を引くために黒猫のコスプレをしてくるんだぞ。

もうそれだけで可愛いのに、『私だけを見て欲しいの……』、とか！

「猫に負けっぱなしで和斗の妻を名乗れないわ。それに人気アイドルと呼ばれる存在として……クール系アイドルとして、負けたままでは終われないのよ……！　にゃ」

燃えるような決意の炎を瞳に宿しながらカッコよく言うが、結局黒猫のコスプレをしているだけである。

こうなると俺に凛香を止めることはできない。流れに身を任せるのが最善策だ。

凛香が、あぐらをかいている俺のそばに来てペタンと座り込む。それだけにとどまらない。両手で優しく俺の右手を持ち上げると、自分の顔に近づけ―――カプッと俺の人差し指を甘噛《あまが》みした。

「……っ！」

いや確かに猫は噛むけどもッ。噛む行為を選んできたのは凛香らしいけどもッ。

つねに想像を超えてくる凛香の行動に、頭がプチパニックに陥る。

「和斗……………んっ……」

　やや躊躇《ためら》いつつも凛香が頭を俺の胸にグリグリと押し付けてくる。猫っぽい。吹っ切れたように甘えてくる凛香の行動に可愛らしさを感じる。シュトゥルムアングリフへの嫉妬からくる猫の真似《まね》だったはずなのだが、なんかもう純粋にイチャイチャしているだけに思えてきた。

「なでなで……してほしいかしにゃ」

「可愛いけど、ちょっと語尾が違うかも。してほしいにゃ、でいいと思う」

「……んっ」

　いいからなでろ、と言わんばかりに頭を強く押し付けてくる。少し胸が痛い、物理的に。今の凛香が本気で可愛く思えると同時に、何か禁断の領域に踏み込もうとしている気がした。具体的には俺の内なる新たな世界……扉……性癖が目覚めそうな………。

　視界の外からシュトゥルムアングリフが「ニャーニャー」鳴いてるけど、全く気にならない。全身をもって可愛らしく擦り寄ってくる凛香に集中していた。

「……ん、和斗………っ」

　動けないでいる俺に業を煮やしたのか、凛香が俺の右手を取り、手の甲を——ちろっと舐《な》めた。——やり過ぎだ。もう健全なお付き合いを超えている……！

　ほ、本気なのか、凛香さん。

いや、以前から積極的に来る姿勢がチラホラ見えてはいたけど……。

とても手を繋《つな》ぐだけで赤面硬直していた女の子とは思えない。

なるほど、嫉妬心はここまで人を変えるのか……！

まだ明るいのに、夜の時のような吹っ切れ方だ。

俺は驚きつつも凛香の頭を優しくなでる。猫耳カチューシャを飛ばさないよう、ゆっくりと。凛香は心地よさそうに目を細め、うっとりとした表情を浮かべる。

体から力を抜いた凛香が、俺に全てを委ねるように背中からもたれかかってきた。

自然と俺が凛香を後ろから抱きしめる姿勢になってしまう。

「凛香……っ」

凛香が着ている黒ワンピースの生地が薄いせいで、直接温《ぬく》もりを感じる。それだけではない。ライブでは大きく見えた凛香の体が実はすごく小さくて細いことに気づく。俺の腕の中にすっぽりと収まった。本気で抱きしめれば粉々になってしまうのではと考えてしまうが、適度に肉がついているのか、女の子らしい柔らかい体であることにも気づく。まあ日頃からアイドルとして動き回っているから筋肉もついているのだろう。

「和斗、すごくドキドキしてる……」

「凛香も同じじゃないか……。体、熱いぞ」

「………」

さっきまでふざけた雰囲気だったのに、気づけばこれだ。

今までを思い出して分かったが、二人きりになったらイチャイチャモードに入っている。

それも凛香がアクションを起こすことによって。

何よりも一番心にグッとくるのが、グイグイ来ながらも凛香がテレていること。

恥ずかしさの中に隠しきれない願望がチラチラ見え隠れして何とも可愛い。

「私とシュトゥルムアングリフ、どっちが可愛い……？」

「言うまでもないよ」

「……どっち？　ちゃんと言葉にして」

「シュトゥルムアングリフ」

「…………ちょっと死んでくるわ」

「ごめんなさい冗談です！」

立ち上がろうとした凛香を割と強めに抱きしめて動きを封じる。

今のは俺が普通に悪い。ふざけるタイミングではなかった。

「凛香の方が可愛い。本当に」

「…………」

返事がない。今のでへそを曲げてしまったらしい。

これはどうしたものか、と悩むも凛香の方からチャンスをくれる。

「許してほしければ……私のお腹《なか》をなでなでする ことね」

「お腹、ですか」

「シュトゥルムアングリフにしたように、優しくなでなでして」

「…………」

ここまで好きな女の子からアピールされては、どろどろに理性が溶けていくというもの。

視界がボンヤリするほど頭の中が熱くなり、凛香の温もりだけが俺の感じる全てとなる。

「……和斗。お腹……なでなで、してほしいにゃ……」

アウトだ、これは。対象年齢が十二歳から十五歳に引き上げになるレベル。

もはやクール系どころか正常な思考すら捨て去った凛香が、熱い息を吐きだしながら『お腹なでなで』を訴えてくる。頬が真っ赤、瞳が潤んでいるのが何とも男の心をくすぐってきた。

もう、この場にいる誰もが熱気に頭をやられている。

猫の真似をして猛烈に甘える人気アイドル、名前が意味不明な黒猫、鼻血噴出寸前のネトゲ廃人……！

これ以上先は行くとこまで行くかもしれない。そう思いながら俺は手を伸ばし、凛香のお腹に恐る恐る手を当てる。感触を感じる前に凛香の口から「んっ」と短く息が吐き出された。

時計回りに優しく凛香のお腹をなでる。

服越しに柔らかくも弾力のある肉感。

「あ、んっ……ふ……んっ……」

妙に艶《なま》めかしい声を漏らす凛香。こちらも変な気分になる。

後ろから抱きしめてお腹をなでるという今までにないシチュエーション……。

どこか冷静な気持ちで、これが恋人らしいことなのか、と考えてしまう。

「ん……んっ……」

「もうやめる？　お腹なでなで」

「やだっ……なでなでやめるの、やだ……」

まるで駄々をこねる子供みたいな言い方だった。……この気持ち、なんだろう。

可愛すぎるとか、そんな次元ではなくなってきた。

お腹なでなでを続行する。凛香が断続的に甘く熱っぽい声を漏らす。

なんだかいけないことをしている気分になるが、少しでも手を止めると凛香が「和斗……？」と不安そうに名前を呼んでくるのだ。可愛くて嫌になる。

そんな永遠にも感じられる時間が流れ、五分近く経過した頃。

突然――――。

「ニャ――ン！」

「なっ！　シュトゥルムアングリフ！」

シュトゥルムアングリフが、俺の顔面に飛びかかってきた！

驚いた俺は後ろに倒れ込んでしまう。

「ニャォ……ニャォオオ」

俺の顔を踏み踏みする黒猫様……。以前観《み》た猫の動画では、飼い主に構ってもらえない猫が、飼い主の肩に飛びかかったり、ひたすら鳴いて構ってアピールをしていた。このシュトゥルムアングリフの行動も似たようなものなのか。

それにしても肉球で顔を踏み踏みされるのが意外と心地良い。

「和斗は……顔を踏まれるのが好きなのかしら。踏まれる度に気持ちよさそうにしてるわ」

「ど変態みたいに言うのやめてくれません？　肉球限定だから」

「私も踏み踏みするわ。シュトゥルムアングリフに負けてられないもの……！」

「何の対抗心ですか!?　変な世界に目覚めそうだからやめてください！」

ふん、と鼻息を荒くして決意を固める凛香。本気で踏むつもりかよ！

「安心して。たとえ和斗が少しだけ変わった趣味を持っていても私は喜んで受け入れるから」

「そう言ってくれるのは嬉《うれ》しいけどさ、俺がドMの前提で話すのやめてくれる？」

「そんな……ということは……和斗はSの人？　私、痛いのは嫌よ。嫌だけど、頑張るわ」

「もうこの話やめようか！　後で気まずくなる話題だからさ！」

「いいえ、話すべきよ。ふ、夫婦として、お互いの、そういう一面は知っておくべきだと思うの」

「顔真っ赤じゃん。もう俺の顔を見てないじゃん」

喋《しゃべ》りながら顔を赤くさせた凛香《りんか》は、自分の髪を触りながら視線を横に逸《そ》らしてしまう。

何か知らないが、他に色んなことを想像してしまったらしい。

「とりあえず、和斗は顔を踏まれるのが好きな男の子というのは理解したわ」

「全然理解してない。下手したら離婚コースの誤解ですよ、凛香さん」

「離婚!?　冗談でもそんなこと言うのやめて…………うぅ、ぐすっ……！」

凛香が自分の顔を両手で覆い、ぐすぐすと泣き声を漏らし始める。

――――う、うそだろ！

悲しみ、絶望……負のオーラを発する凛香に影響されたのか、今度はシュトゥルムアングリフが「ニャォ！　ニャーオ！」と喧《やかま》しく鳴き始める。まさにカオス。誰もが冷静さを失い己の感情に翻弄されている……！

俺はシュトゥルムアングリフに顔を踏まれたまま、呆然《ぼうぜん》と天井を見上げるしかない。

その時、俺のスマホから着信音が鳴った。奈々《なな》だ――。

「もしもし!?」

「あ、カズくん。凛ちゃんが電話に出てくれなくて、今マンションの前に――」

「………ふぇ?」

☆

「どうしたらいいんだ、これ……」

和室の隅っこで体育座りしている凛香（黒猫のコスプレ）を見つめ、俺はため息をつきそうになる。頭を両脚の間に突っ込み、全力で落ち込んだ雰囲気を発していた。どんよりとした空気が和室の隅っこにだけ満ちている。

「あの凛ちゃんを見るのは久しぶりかも……」

俺と同じく遠巻きで凛香を見つめる奈々が、シュトゥルムアングリフを抱っこしながら言う。どうしたものかと悩んだ俺たちは、少し距離を置くようにして和室の入り口から凛香を観察していた。

ついでに言うとシュトゥルムアングリフは飼い主の奈々に抱っこされて至福の時を味

わっているらしく、ずっとゴロゴロ鳴いている。……やっぱり凛香以外には人懐っこいんだな。琴音《ことね》さん、俺、奈々にはメチャクチャ懐いているのに、凛香には頭を触らせることすらしない。どうしてだろう。相性的なものか？

「あの凛香を見るのが久しぶりって、今までもあんな風になったことがあるのか？」

「うん。何かに失敗した時とか、すごく落ち込んだ時にね、部屋の隅っこで体育座りするの」

「……まじか」

「ここ最近は見なかったのに……。よほどカズくんから離婚って言われたのがショックだったんだね」

「本気では言ってないぞ」

そもそも夫婦ですらない、というツッコミは今は余計か。

「本気じゃなくてもね、言われたら嫌なことってあるよ？　カズくんも嫌でしょ？　冗談でも凛ちゃんから嫌いって言われたら」

「…………死ぬな。言われた瞬間、心臓を吐き出して死ぬ」

俺がそう言うと、シュトゥルムアングリフが「ニャー」と鳴いた。どういう意図の鳴き声かは分からない。

ともかく凛香に謝ろう。

とりあえず俺は、隅っこで体育座りしたまま微塵《みじん》の動きも見せない凛香の下に向かった。目線を合わせるべく屈《かが》んで凛香に話しかける。

「そのー、ごめんよ凛香。離婚は本気で言ったわけじゃなくて……ちょっとした弾みで言っちゃったんだ」

「………弾みということは、それが本音である可能性が高いわ」

顔を上げず、凛香がボソボソと言う。……半端ないネガティブ思考に陥っているぞ。人は落ち込んだ時、不安のスパイラルに陥る。

一つの悩みが新たな悩みを生み出すように……。凛香も例外ではない……のか？

「本音なわけないだろ？　俺は凛香が……好きなんだから」

「………証明して」

顔を上げた凛香が、ジーッと俺の目を見つめる。

「証明って、どうすればいいんだ」

「……い、色々あるわよ」

「例えば？」

俺に尋ねられた凛香は、頬を赤く染めながらポツポツと答える。

「た、例えば……頭なでなでとか、ハグとか……み、耳元で、想《おも》いを告げてくれるとか……色々、あるわ」

「……」

「な、何よ」

「前から思っていたんだけどさ、凛香が要求してくることって恋人のそれだよな」

「……恋人じゃないわ。夫婦よ」

「いや恋人だって」

「……初々しい夫婦よ」

ちょっと妥協したな。俺は微笑《ほほえ》ましく思いながら凛香の頭をなでる。本当になでてばかりだな。凛香が要求してくるから仕方ないとはいえ………。

「………頬を触って」

「頬？　分かった」

今度は右手で凛香の頬に触れる。すべすべで柔らかく、温かい。

これは何のために触らされているのか。俺にはよく分からないが、なんだか凛香は満足そうに息を吐いている。……猫っぽいな。猫でなくても、そういう動物に見える。

「私を本当の意味で嫌いになるまでは、離婚を口にしないで。想像するだけでも涙が出そうになるの………」

「分かった、約束する」

離婚は禁句。心に刻もう。

そして背中にビシビシと感じる好奇なる視線……。

俺は振り返り、その人物に話しかける。

「あの、奈々さん？　いつまで俺たちを見ているのですか？」

「んぇ!?　えと、あはは……。恋人のやり取りって初めて見るから……。い、いちゃいちゃだねぇ」

奈々の顔が真っ赤になっている。俺たちのやり取りに釘付《くぎづ》けといった様子。

だがここで待ったの声を上げるのが凛香。これで再び流れが大きく変わる。

「え、ちょっと待ってもらえるかしら。いつから……和斗《かずと》は奈々を下の名前で呼ぶようになったの？」

「この間の電話で…………いや、凛香が考えるようなことではないから！　決して浮気とかじゃないから！」

「……随分な焦りようね、和斗。私も和斗が浮気をするとは思っていない……。けれど、奈々の方はどうかしら」

「り、凛ちゃん!?　親友の私を疑うの!?」

「本来であれば親友を疑う真似《まね》なんてしないわ。ええ、疑うという発想すらない……なかった。でもね、今は状況が変わったのよ…………その猫のせいでね！」

「ニャオ！」

立ち上がった凛香が、奈々に抱っこされているシュトゥルムアングリフを指さす。いやなんだこの状況。

「自分でもばかげた発想だと思うわ。でも可能性としてあるのよ…………。和斗に惚《ほ》れた奈々が、シュトゥルムアングリフを使って妻を弱らせ、横から夫を奪おうとした可能性が……！」

「「ないない！」」

見事に俺と奈々の言葉が重なる。

想像力が豊かな人は素直にすごいと思うが、同時に弱点でもあるかもしれない……と思った瞬間だった。

「私、聞いたことがあるの。夫と妻の親友は浮気に繫《つな》がりやすい関係だとね」

「…………それ、誰から聞いたんだ？」

「聡子《さとこ》さんよ」

「聡子さん……昔、凛香から聞いた名前だな……。ともかく、それは昼ドラか何かに影響された考えだ！　実際にはない！」

「…………実体験だそうよ」

「お、おぉ……」

「さすがはバツ八の聡子さんね、あらゆる別れ方を経験している人生の大先輩……。彼女から放たれる一つ一つの言葉には胸に響く重たいものがあったわ」

「そ、そっか……」

何も言えないな……。ここまでくるとネタにすらできない。別れ方も悲惨すぎるし。

「そういうわけよ！　奈々と和斗は惹《ひ》かれ合っている！」

「ち、違うよ！　凛ちゃんは間違ってる！　私とカズくんは、そんな関係じゃないから！

だって私……本気で二人の仲を応援して……カズくんにたくさんアドバイスして……！」

「そうね、確かに奈々が応援してくれていたのは事実だし、その気持ちに偽りはなかったわ。だから私は二人が仲良くしていようと、こっそり二人で校内で会っていようと、何も言わなかった。それが間違いだったのね」

「待ってよ凛ちゃん！　私の話を聞いて！」

「恋愛によくあることらしいわ。アドバイスしているうちに好きになっちゃう……そんなことが。とくに和斗はかっこいいもの。奈々が好きになるのも変な話ではなかったのよ」

「お願いだから私の話を聞いて！」

……ヤバい。ちょっとした話から、ものすごく大事になってきた。

……………。

え、これ、俺が発端？

俺のせいで二人の絆《きずな》にヒビが入ってるのか？

もしかして、かつてないほどの修羅場に突入している……？

「なら聞くけれど、奈々は和斗のこと何とも思ってないのかしら」

「……お、思ってないよ」

「本当に？　かっこいいとも思わないし、男の子としての魅力も感じないの？」

「…………うぅ」

頬を真っ赤にした奈々が、ちらりと俺を見る。体に自然と力が入っているらしく、抱きしめているシュトゥルムアングリフから「ンャォオオ！」と悲鳴が上がっていた！　猫が死んじゃう！　やめてあげて！

「奈々？」

「え、えと……か、かっこいいなーとは、思ってる……よ。たまにいじわるなこと言うけど、優しいし…………私の言うこと、なんだかんだ聞いてくれるし……私のこと、認めてくれて…………」

テレているのか、モジモジしながら小さな声で言う奈々。

初めに言っておくと俺は致命的な鈍感ではない。一般範囲内での鈍さはあるかもしれないが、自分に向けられる好意にだけ究極的に鈍感になることはない。

…………まじか。

この奈々の反応からして、まじで俺のことが……。

そして凛香《りんか》の方も――――。

「え、うそ……本当に？　そんな反応、今まで見せなかったじゃないの……」

と、動揺している始末。いや疑ってたんじゃないのか。疑いながらも『そんなまさか。ハハハ』みたいなやつだろうか。

「奈々《なな》。和斗のどこがいいの？」

「んえ!?　いや、えと、その……」

「言っておくけれど、和斗はだらしない男の子よ。放っておくと卵しか食べないし、どんな料理を作っても美味《おい》しいとしか言わない……。ネトゲでは採掘狂いよ？」

「採掘はいいだろ！」

「ほら、こんな感じにね。それに私から手を繋いだだけで顔を赤くして……と思ったら急に積極的になる時もあって…………ほんと和斗は……もう」

なんか途中から惚気《のろけ》になってるやん。

奈々も奈々で、口をアワアワさせてテンパっている。心配になるくらい顔が赤い。

…………。

本当に奈々は俺のことが好きなのか。

いや、思えばそれっぽい態度は見せていた気がする。

そして今も…………。

男として……俺から行くべきではないだろうか。

この状況に介入せず、見守ることは簡単だ。

でもそれは、凛香と奈々にとって良くないことな気がする。

奈々は俺のことが好きとして…………でも俺は凛香が好きだ。

そのことを……そう、橘《たちばな》の時と同じように、想いを伝えよう。

「奈々」

「え、カズくん……？」

「俺は凛香が好きなんだ。奈々の想いに応えることができない」

あえて謝らない。俺が奈々を拒絶をしたという事実に変わりはないのだから。

「「…………」」

身を刺すような苦しい沈黙が部屋に満ちていく。あのシュトゥルムアングリフでさえ口を閉じていた。

そして一番に口を開いたのは――――奈々だった。

「えとね、カズくんに凛ちゃん。二人は勘違いしてるよ」

「勘違い？　奈々は和斗のことが好きなのでしょう？」

「ち、違うよ！　さっきも言ったけどね、私の話を聞いてほしいの！」

「それは和斗のことがどれだけ好きかという話よね？　シュトゥルムアングリフを使って

妻を苦しめ、横から夫を奪うという昼ドラでも見ない緻密な作戦よ！」

「緻密じゃないしメチャクチャだよ凛ちゃん！」

「じゃあどんな話よ！」

「私が本当に好きなのは凛ちゃんなの!!」

「ほらやっぱり――――え」

「私が！　好きなのは！　凛ちゃん！」

…………。

へえ？

☆

私が本当に好きなのは凛ちゃん――――。

そんな奈々の言葉が、頭の中で何度も反芻《はんすう》される。凛香も俺と同じく戸惑っているらしく、何も言えずに目を大きく開いて奈々を見つめるだけだった。

「や！　えとね、今はもう凛ちゃんのこと好きじゃないの！　いや、好きだけどね！　恋愛感情って言うのかなぁ!?　もうそういうのは私の中で解決したと言いますか！　変な意味じゃないから安心してほしいの！　私は凛ちゃんに幸せになってほしく――――」

「落ち着いて奈々。早口過ぎて聞き取れないわ」

「ぁぅ……」

凛香に優しくなだめられ、奈々は歯切れが悪そうにする。衝撃的な展開だな、これは。

「その、いつからなの？　私を好きになったのは」

「分かんない……。多分ね、小さい頃から。気づいたら凛ちゃんのことが好きになってた」

「そう……。奈々は女の子が好きな女の子なのね」

「そ、そういう感じじゃないかも……。きっとね、凛ちゃんだから好きになってた。凛ちゃんが男の子でもね、好きになってた気がするの」

「…………」

それは凛香で言うところの純粋な気持ちというやつではないだろうか。

ようは水樹《みずき》凛香という存在に心が惹かれたと奈々は言っている。

ふと凛香が『男か女か、そんなの関係ないもん！　愛に性別は関係ないんだから！』と言っていたことを思い出した。だがそれよりも気になることがある。

「えーと、奈々？　俺のこと、好きじゃないの？」

「うん。カッコいいとは思うけど……」

「いやでも、さっきそれっぽい反応見せてなかった？　それに、俺と手を繋いで頬を赤くしたこともあったし……」

「は、恥ずかしくて……」

「恥ずかしい？」

「カズくんは私にとって恩人で……ちょっとした憧れの存在って言うのかな……。恋愛感情はないんだけどね、また別の意味で特別なの」

――――なんじゃそりゃ。

俺、あれか。惚れられてると勘違いして、人気アイドルを振ったのか。

…………。

誰か俺を殺してくれ。

勘違いしてもおかしくないだろ、あの奈々の反応は。

しかし奈々の感性が常人と比べてズレているのは以前から分かっていた。

理解には苦しむが、ぎりぎり納得できるかもしれない。

「あ、安心して。今は私の中で踏ん切りをつけて……前に進んでるから！　勢いで変なこと言っちゃってごめんね！　それじゃ！」

「待って！」

背を向けて走り出そうとする奈々。凛香は急いで追いかけて奈々の腕を掴《つか》む。その際にシュトゥルムアングリフが奈々の腕から飛び出し、上手《うま》いこと床に着地した。

「奈々。ちゃんと話をしましょう」

「な、ないよ……話すことなんて。今まで通りの関係を続けられたら……！」

「そう思うなら私の目をちゃんと見てから言って」

「────ッ！」

奈々は凛香の顔を避けるように、振り返らなかった。凛香に腕を摑まれながらも足は和室から出ている。そしてシュトゥルムアングリフが俺の脚に擦りついて「ニャー」と鳴いていた。

「…………」

凛香が俺にチラッと視線を飛ばす。目が合い、何を言いたいのか瞬時に把握した。

俺は奈々の横をそっと通り過ぎて玄関に向かう。振り返ることなく玄関に到着した俺は、壁掛けフックから自分のカギを取った。リングに俺の家のカギと凛香の家のカギがまとめられている。先日、凛香からこの家の合鍵を受け取ったのだ。幹雄パパや凛香のお母さんからも認められているとはいえ、所有することに些《いささ》かのためらいを感じる。

「…………」

そんなことを思いつつ靴を履き、ドアを開けて外に出た。

夏の熱気が肌を襲い、同時に緩やかな風が全身をなでていく。空は明るい。夕方前か。

足元から「ニャォオ」と鳴き声が聞こえる。どうやらシュトゥルムアングリフは俺についてきたらしい。今から部屋に戻すのも違う気がしたので、俺が面倒を見ることにする。

「奈々は……凛香のことが好きだったのか」

ドアに背を預け、ズルズルと座り込む。未《いま》だに驚きが頭から抜けきらない。

俺は今まで何を聞いていたのか。

これまでの奈々のセリフに、それっぽいことを匂わせる要素があったことに今になって気づく。

奈々は凛香が幸せになることに異常なほどこだわっていた。

その理由として、凛香をアイドルの道に誘った者の責任、大切な友達に対する想い、奈々自身の優しさ………そんなところだと思っていた。でもそれだけではなかったのだ。

「どんな気持ちで応援していたんだろうなー」

俺たちを応援する奈々の振る舞いにウソ偽りはなかったと断言できる。本気で俺たちが結ばれることを望んでいた。つまりはそれだけ凛香を大切に思っていたことになる。

……自分の気持ちを隠していたのか。

懸命に自分の恋心を押し殺し、俺たちのことを考えて動いていた。

日頃から明るく元気のいい奈々に、そんな演技ができるとは思えない。

そう思う一方で、以前香澄《かすみ》さんから聞いた話を思い出してしまう。

アイドル活動が上手くいっていない時期では、毎晩奈々は泣きながら悩んでいた……と。

その裏の姿を想像できる者は学校どころか全国にもいないはず。

多くの人は悩みを持つ。それは無垢《むく》に見えた元気系アイドルも例外ではなかったのだ。

……これまでの奈々の言葉が頭の中で再生される。

『凛ちゃんにはね、アイドルとしても、一人の女の子としても幸せになってほしいの。どちらか一方を諦めてほしくないって思う』

『私、凛ちゃんに幸せになってほしいの。カズくんも幸せになってほしいし、恩返しをしたい。私を、私たちを助けてくれた――恩返し』

『恋愛って、容姿や身分が分からなくても成立するんだね。……ううん。そもそも恋愛には、そんなの必要ないかも。凛ちゃんの言う『純粋な心の付き合い』の意味、ようやく分かったよ』

…………。

答えを知ってしまえば、どうして分からなかったんだと自分に問い詰めたくなる。

いや、親友の凛香ですら分かっていなかったんだ。

それだけ奈々の演技力…………いや、奈々は自分の感情を隠すのが得意だった。

「これも……ある意味では二面性って言うのかな」

凛香だってそう。世間からはクール系アイドルと思われている一方、俺は凛香の色んな顔を知っている…………凛香が見せてくれる。

香澄さんだって意外と現実的な悩みを抱えていた。……意外は失礼か。思い返せば、香澄さんは何度も凛香《りんか》が羨ましいと言っていたじゃないか。

もし俺が相手の心まで考えられる人間なら、香澄さんや奈々《なな》の本音に気づけたのだろうか。

「…………」

凛香が好きで、俺に恩を感じている奈々は、明るい笑みを浮かべながら自分が損をする道を選んだのだ――――。

「ニャォー」

考え込む俺を見て心配してくれたのか、シュトゥルムアングリフが俺の脚にスリスリと体を擦りつけてきた。……無邪気だな、動物は。

「…………」

人は表面上では計れない。本当の意味で人を知りたいのなら、余分な情報を全て削ぎ落した世界で生きるしかないだろう。

凛香はそんな世界を求め、ネトゲに答えを出したのか。

無論ネトゲだって人間社会、全ての人が素を見せるとは限らない。

そのことは凛香も言っていた。

「こうなると、ソロプレイが一番気楽なんだろうな」

奈々からしたら俺は恋敵だ。その恋敵と手を繫《つな》ぎ、下の名前呼びを許し、心の底から応援なんてできるのだろうか。………できるのだ。あの大人気アイドルグループのセンターを務める元気系アイドル、胡桃坂《くるみざか》奈々ならできるのだ。

「凄《すご》いな、皆……」

ネトゲばかりしていた俺にとっては新鮮に感じられる。

これほどまでに人の心に触れたことがなかった。

凛香とリアルで出会ってから――どんどん世界がリアルになっていく。

「………」

奈々と香澄さんの悩みや本音に気づけなかった。そんな自分に腹が立つ。

気づけない、それが意味するのは………。

俺が日頃から、人の話を本当の意味で聞いていないから。

聞いてはいるけど受け止めていない。

だから、その言葉に込められた人の感情を察することができない。

「ニャォオ」

「行こうか、シュトゥルムアングリフ」

俺にできることは何もない。凛香と奈々が向き合い、解決するしかない。

そしてあの二人なら大丈夫だろうという確信も持てる。

俺はドアにカギをかけるとシュトゥルムアングリフを抱きかかえ、自分の家に帰ることにした。

いくら外に出ているとはいえ、今の二人の近くにいるのは申し訳ない気がしたのだ。

☆

『シュトゥルムアングリフを連れて家に帰ります。20時頃には凛香の家に戻ります』

そんなメッセージを凛香に送ったのは、俺が自分の家を目前にした時だった。

勝手に姿を消しては凛香が心配するだろうと思い、念のために連絡を入れておく。

「久々だな……」

夏休みが始まってから凛香の家に泊まっていたから、二週間ほど空けていたことになる。

懐かしさを感じながらドアを開けて玄関に踏み込む。ネトゲでもしよう。

靴を脱いだ俺は、ひとまずシュトゥルムアングリフに水でも飲まそうかと思い、廊下を通り過ぎてキッチンに向かう。必然、リビングを目にし――――。

「え」

ソファの配置上、こちらに後ろ姿を向けていて顔は確認できない。

しかしソファに座り、テーブルに向き合っているのは紛れもなく――俺の父親だった。

☆

想像もしていなかった展開に驚き、体が硬直する。

普通なら喋《しゃべ》りかけるところだろうか。何を喋ったらいい？

見ると父親はテーブルに置いたノートに何かをせっせと書き込んでいる様子。

容姿にちょっとした違和感を覚えた。適当に伸ばされたボサボサの黒髪に、何日も着続けているのかヨレヨレになったワイシャツ……。

見た目に気を配るという意識が全くないことが恰好《かっこう》から伝わってくる。

思い出せば俺の父親は他人の評価を気にするタイプではなかったはずだ。ひたすら効率を考える人だった。服を選ぶ時間すら惜しみ、そんなことに思考を割きたくない。

まさに実利だけを追求する男。息子の俺はそんなイメージを抱いている。

父親はノートに集中して俺が帰ってきたことに気づいていないのか、俺の存在に気づいた上で無視しているのか。……どうでもいいことだ。

こうしてバッタリ遭遇することが今までにも何度かあったけど、お互い干渉せずに過ごしてきたのだ。今回も同じことをするだけ………。

「ニャォオ」

「…………?」

──────なんだと。

シュトゥルムアングリフが、父親の肩にぴょーんと飛び乗った。

しかし俺が最も驚いたのはそこではない。

なんと俺の父親は、自分の肩に乗ったシュトゥルムアングリフをチラッと一瞥《いちべつ》しただけで、またすぐノートに向き合った。これは凄《すさ》まじい集中力というべきなのか、目の前のこと以外は本気でどうでもいいのか。

これも一種の天才と言えるかもしれない。いや変人か。

見知らぬ黒猫が自分の家に居て、しかも肩に飛び乗って来たんだぞ。

無視できる方がおかしい。奇人変人の類である。

「ニャォオ……ニャォオオ」

「…………」

ひたすら無視を貫く父親。ノートに走らせていた手を止め、ピタッと石像のように体を固まらせる。もはや生きてるのかも怪しい。

この耐久レースもどきをいつまでも眺めたいと思うが、父親と同じ空間に居ることに緊張してしまう。どう接したらいいのかも分からない。

「ニャ、ニャ」

小刻みに鳴きながらシュトゥルムアングリフが俺の下に戻ってきた。これ幸いにとシュトゥルムアングリフを抱き上げる。もう家から出よう。公園にでも行って適当に時間を潰そうか。そう思い踵《きびす》を返したところで、ついさきほどのことを思い出す。

「…………喋らなくちゃ、人の気持ちは分からないか」

相手の言葉を聞くだけではダメだ。

言葉を聞くのではなく、言葉に込められた想《おも》いを感じ取り……相手の気持ちを察する。

多分、それが会話なんだ。これもきっと純粋な関係を求める凛香の考えに影響されたんだろうな。俺が父親に話しかけようとするのは何ヶ月ぶりだったか。最後に話しかけたのがいつだったかも思い出せない。意を決して口を開き、その背中に声をかける。

「あー……いつ、帰って来たんだ？」

「…………」

長い沈黙が訪れる。時間にすれば十秒程度。

その十秒が、俺の心に上から押しつぶすような重圧をかけてくる。

「あー、あの人は……一緒じゃ……ないんだな」

「…………」

あの人、今の母親のことだ。その意味は通じているはず。

けれど言葉は返って来ない。

人は嫌われるよりも無視される方が辛《つら》かったりする。

自分の存在を認めてもらえないのは、死に等しい。

人間は誰かに認めてもらえてこそ自己を保てる。

誰にも認められない人間というのは、自分だけの世界に閉じこもるか、誰かを批判することで自己を保つのだ。

「俺の声……聞こえてるだろ？　何か言ってくれても……いいんじゃないか？」

「…………」

なんとかして興味を引けないか。

「メッセで送ったんだけど、俺、彼女ができたんだよ。今、彼女の家に泊まってる」

「…………」

「その子と結婚まで考えてる……って言ったら、どうする？　ははは……」

普通なら、普通の親なら何かを言う。

何かを言わずとも絶対に反応を見せる。

しかし父親は振り返らず、凍り付いたように動かない。

「なあ……？」

「…………」

「――――ッ！」

父親は振り返ることすらしない。

緊張しながらも顔色を窺《うかが》うような気持ちでいた俺だが、カッと怒りが込み上げてくる。

「そっか……そんなに俺のことに興味ないか」

「…………」

「ああ思い出したよ！　なんで俺がアンタに話しかけなくなったのか！　アンタが無視するから……返事をしないからだ！」

「…………」

頭の中で火花が散る。息が荒い。全身が震える。

俺の数年ぶりの叫びに対し、それでも父親は沈黙を貫く。

「くっ…………ちくしょうが!!」

もはや我慢ができなかった。俺は父親に背を向け、玄関に向かって走り出す。雑に靴を履き、蹴とばす勢いでドアを開け放って外に飛び出した。

「……っ！」

どうしようもない怒りが全身に満ちていく。

全てを吐き出すように、俺は街中を走り始めた。

☆

話が成立しない相手とはどうやって心を通わせたらいいんだ。

否定されるどころか存在すら無視されている。

「はぁ……はぁ…………っ」

足を止めて息を整える。汗を吸収して重くなったシャツが肌に貼りつく。

気づくと空は暗くなっており夜だった。

「……どこだよ、ここ」

見知らぬ住宅街に迷い込んだらしい。見覚えのない住宅が並んでいる。俺は道路の脇で辺りを確認しつつ、どうしようかと頭を悩ませる。

まあスマホで地図を出せば迷子になることはない。

「分かってたんだけどな……。やっぱり、こうなるか」

俺の父親がどういう人なのかは分かっている。それでも少しばかりの希望を持ってしまった。それが間違いだったのだ。

「ニャォオ！」

「…………シュトゥルム、アングリフ？」

鳴き声が聞こえたので振り返ると、俺の数歩後ろでちょこんと座った黒猫が俺を見つめていた。シュトゥルムアングリフ……俺を追いかけてきたのか。いや追いかけてくれて助かった。あのまま置き去りにしてシュトゥルムアングリフを見失っていたら奈々《なな》に合わせる顔がない。

「凛香《りんか》のマンションに戻ろうか」

「ニャッ！」

俺が歩み寄るとシュトゥルムアングリフは立ち上がり、タターッと走って行ってしまう。

「このタイミングで逃げるのかよ………！」

額から垂れてくる汗を拭い、また俺は走り始める。

一定のペースで走るシュトゥルムアングリフだが、時折振り返って俺の様子を確認してくる。これは——遊ばれているな。かけっこでもしているつもりかよ。

☆

そうしてシュトゥルムアングリフを追いかけて辿《たど》り着いたのは、街中にある小さな公園だった。暗くなる時間帯とあって、子供は一人もいない。いや、いないのは当然だ。

入口の看板には『ボール遊び禁止！』『大声出すの禁止！』といった禁止事項が幾つも書かれている。子供が寄り付くわけがない。

遊具も撤去されており、唯一ブランコだけが残されている。

そのブランコも錆《さ》びついてボロボロになっているが……。

「ニャォオ」

まさかこの公園はシュトゥルムアングリフの遊び場所なのか？　慣れた雰囲気で公園に踏み込み、ブランコの下まで歩くと椅子にぴょんと飛び乗った。俺も後に続く。この公園には俺と黒猫以外誰もいない。

「隣、座るぞ」

猫に話しかける自分を少しおかしく思う。でもシュトゥルムアングリフの瞳から知性が感じられ、他の人が言うように並みの猫よりも賢い気がするのだ。

なんとなく話しかけてしまう。

俺はブランコに腰掛ける。席は二つ。椅子を吊《つ》るすチェーンから微《かす》かな錆びの匂いがした。本当に古い。

ブランコから見える公園の景色は何とも寂しいものだった。遊具が撤去され、短い雑草が生えた更地が広がっている。太陽が沈み暗闇が公園を包み込もうとしているのも寂しさを助長させているのだろう。

「………………あっ」

バチッと脳の中でパズルのピースが当てはまるような感覚がした。

小さな笑いが自然と漏れる。思わず自分の顔を両手で覆ってしまった。

「ははは、冗談だろ？　遊具がなくなって分からなかったけどさ………今、思い出したよ。この公園、母親が………俺のお母さんが、初めて連れて来てくれた場所じゃないか」

今の母親ではない。俺を産んでくれたお母さんだ……。

俺が小学三年生の頃、何度もワガママを言って、ようやく遊んでくれたのだ。

せっかくだからと外に行き……適当に街を歩いていると、この公園に辿り着いた。

「あの時も、このブランコに座って……背中を押してもらったんだよなぁ。ずっと、忘れていたのに………ッ！」

目がじわーっと熱くなる。なんでこんな場所に来るんだ。

「ニャッ」

隣のブランコに座っていたシュトゥルムアングリフが、俺の膝に飛び乗ってくる。飛び乗り、何かをするまでもなく脚を折りたたんで俺の膝の上で丸まってしまう。

「……シュトゥルムアングリフ……」

黒猫は不幸を呼ぶ存在と言われたり、逆に幸運を招く存在と言われたり、色んな受け止め方をされている。俺が信じているのは幸運を招く説。純粋に黒猫が好きというのもあるけど……。

「これは……幸運のうちに入るのかなー」

シュトゥルムアングリフを追いかけなければ、この公園のことを思い出すことは永遠になかった。思い出すつもりがなかった。

「ほんと………笑っちゃうよな。何もないんだよ。両親との思い出、まったくないんだもんな。お母さんと公園に来た…………他に、何かあったっけ？」

「ニャー」

「……ただいま、おかえり……そんな当たり前の挨拶すら、一度もしたことがないんだよなぁ………」

目に映るシュトゥルムアングリフの姿がボヤけて歪《ゆが》む。どうしてこんなことになったんだろう。ほんの数時間前までは凛香と楽しく勉強していたのに……。

耐え難い寂しさが襲ってくる。いや、今までにも寂しさを感じることはあった。けれど今感じている寂しさとは比べ物にならない。

体の中が空洞になってしまったかのような虚無感だ。

俺は寂しいという感情に弱くなってしまったのだろうか。

原因は凛香の家に泊まり始めたこと？……いや、違うな。

ずっと昔から、寂しさを感じていたんだ。そのことに気づいてなかっただけのこと。

趣味のネトゲで誤魔化していただけかもしれない。

きっと俺は、自分の感情に蓋をしようとしていた。

少しでも寂しさを和らげるために。一種の防衛だろうか。

そう考えると、自分の中の疑問が一つ解消される。

その疑問とは、凛香のことが好きという、その感情に自分で気づけなかったこと。

心を殺すとまではいかないまでも、可能な限り自分の感情の変化を鈍くしようとしていた。

奈々に指摘されなければ……奈々が俺の感情に名前をつけてくれなければ、多分気づくことはできなかった。

ずっと自分の感情が整理できず、凛香を傷つける日々を送っていただろう。

……意外と、自分のことは分からないもんだな。

「もう、帰ろうか」

そういえば、あの二人の問題は解決したのだろうか。奈々は自分の中ですでに解決し、前に進んだと言っていた。それが本当かはともかく……ちょっと心配になるな。

ともかく早く凛香のマンションに戻ろう。

☆

「…………凛香？」

マンションの入り口前には凛香が立っていた。俺の帰りを待っていたようだ。

「凛香、そんなところで何をしているんだよ」

俺が声をかけながら近寄ると、凛香は安心したように微笑を浮かべた。

「あ、和斗《かずと》。帰りが遅かったわね。ずっと待っていたのよ？」

「……人気アイドルが男の帰りを待つのは色々と危険な気がするぞ」

「大丈夫よ。この時間になると誰も通らないもの。それに誰か来ても知人という体をすればいいだけのこと。男と話をしてるだけでアウトなら誰もアイドルを続けられないわ」

「そうっすか………」

凛香がそう言うなら大丈夫なんだろう。

と言っても堂々と親し気にするのは良くないと思うけど。

「ニャー」

シュトゥルムアングリフが俺の腕の中から飛び降りて凛香の下に歩み寄る。

「あら、私には素っ気なかったのに……。急に人懐っこくなったわね」

少し嬉《うれ》しそうにする凛香。屈《かが》んでシュトゥルムアングリフの頭をなで始める。

「シュトゥルムアングリフだけど、明日の夜奈々が迎えに来るそうよ」

「そっか……」

俺は返事をした後、どうしても気になることを口にした。

「奈々とは、どうなったんだ？」

「とくに何も」

「何も？」

「ええ。奈々の言う通り、すでに自分の中で解決していたみたい」

「……強いな」

「もちろんよ、私の親友ですもの」

「…………」

俺が心配するようなことではないか。これは二人の問題、俺が介入することではない。

「これからも奈々とは、これまで通りにやっていけると思う」

「そっか……」

「それよりも和斗の方が問題よ。もう21時よ？　20時までには帰るって言っていたのに……。今まで何をしていたの？」

「あー、家に帰って……ちょっと公園に寄ってた」

「この時間までずっと？」

「まあ、うん」

「…………」

シュトゥルムアングリフの頭から手を離し、立ち上がった凛香が俺の目を見つめる。こちらの感情を探るような見つめ方だ。思わず視線を逸《そ》らしてしまう。

「……無事に帰って来てくれて安心したわ。おかえり、和斗」

「…………え？」

「えっ、て何よ。私、何かおかしなこと言ったかしら？」

「いや別に……」

「…………」

「…………？」

どうしたんだろうか。凛香《りんか》が俺をジーッと見つめている。何かを待っているような……？

「返事は？」

「返事？」

「おかえり、と言われたら返す言葉があるでしょう？」

「あ、ああ……」

「おかえり、和斗」

「た、ただいま……凛香」

やけに恥ずかしい。いくら彼女とはいえ、同級生の女の子に『ただいま』と言うのは顔が熱くなる。その恥ずかしさを誤魔化すように凛香の横を通り過ぎ、マンションに入ろうとした時だった。グイッと凛香に腕を引っ張られる。

「凛香？」

「和斗、屈んで。私の目線くらいまで」

「えと、こんな感じ？」

言われた通りに少しだけ屈む。そして凛香に頭を摑《つか》まれ——胸に引き寄せられた。ギュッと強く抱きしめられる。一瞬混乱した。混乱した後に訪れた感情は、焦りとドキドキ。凛香に頭だけを強く抱きしめられているせいで上手《うま》く言葉を発せなくなる。

「あの、ちょ、これは……外でこれはまずいのでは……」

「何かあったんでしょう？」

「……」

「顔を見れば分かるわ。何か悲しいことがあったのよね」

凛香の優しく落ち着いた声を耳にし、揺れていた心が少しずつ安定していく。……見抜かれていたのか。別にバレないように振る舞っていたわけではない。俺なりに、いつもの自分に戻ったたと思っていた。

「言いたくないなら言う必要ないわ。和斗が言いたくなった時に言ってくれたらいい」

「……うん」

「でも、これだけは覚えておいて」

そう言い、凛香は優しい声で言葉を重ねた。

「私のいる場所が、和斗の帰る場所よ」

「……」

「私たちは夫婦だから、お互いがお互いの居場所になるの。もちろん、和斗のいる場所が、私の帰る場所にもなるの」

「……」

「たとえ和斗が孤独を感じたとしても、私という家族を、妻を思い出してほしい」

「凛香……」

凛香の本気の言葉に胸が熱くなる。今までは『夫婦』と言われたらツッコミを入れていた俺だが、今回ばかりは何も言う気になれない。そのままの言葉を受け入れていた。凛香の温《ぬく》もりに包まれて身を委ねる。

「凛香……俺が死ぬまで、ずっと一緒にいてほしい」

「いやよ」

「…………」

人は言葉だけで死ぬことができる。それが分かった瞬間だった。

「死んでも一緒にいるわ。和斗がいない人生なんて考えられないもの」

「………ちょっと、重くない？」

「お互い様じゃないかしら。和斗はネトゲで私のことが好きになって、リアルでも正体を知らないのに私のことが好きになったんでしょう？　少し怖いくらいの好意よ」

「……言われてみれば、そうかも………」

冷静に考えると俺、凛香のことが好き過ぎるだろ。画面の中だろうがリアルだろうが追いかけまわしている感じだ。……ヤバい奴《やつ》だな、俺。

「お互いのことが好き過ぎる夫婦……それでいいと思うわ」

「……そうだな」

「いえ、好きというよりも愛……一緒にいるのが当たり前の関係。私は和斗を世界で一番愛してるわ」

ははっと苦笑いしか出てこない。

それでも心の中に温もりが満ちていくのが分かる。

よく凛香は俺の存在に感謝しているようなことを言う。でもその逆だ。

俺こそが凛香の存在に救われていたのだ。

改めて実感する。

ネトゲをするだけの、無味乾燥な俺の日常に色を添えてくれたのは、他でもない。

凛香だった――。

エピローグ「いってらっしゃい！」

「…………送るべきか、否か…………くっ」

朝食を終えた後、和室に戻った俺は正座して頭を悩ませていた。理由は目の前の床に置かれた一台のスマホ。画面に表示されているのは父親とのトークルーム。入力欄には『また今度、話をしよう』と打たれている。そう、俺からのメッセージだ。このままで終わるのは何だか腹が立つ。少しくらいは話を成立させたいのだ。

とはいえ現代における究極の問題とされる既読スルー、これが心に来る。

俺の父親は当たり前のように既読スルーをするのだ。

ちなみに別室からシュトゥルムアングリフと遊んでいるのだろう乃々愛《ののあ》ちゃんの楽しそうな声が聞こえてくる。ちょっとしたジェラシーを感じる。シュトゥルムアングリフがいなければ乃々愛ちゃんは俺の下にいるはずなのに…………！

「ええい、送ってしまえ！」

諸々《もろもろ》の怒りを込め、叩《たた》く勢いで送信をタップ。

送った。……やってしまった。吐き気がするほどの緊張感。別に無理して距離を縮める必要はないと思っている。ただ、純粋にムカつくだけだ。俺が人にこれだけ怒りを覚えるのは初めてのこと。

「――――え、返信来た」

どういうことだ。早すぎる。内容を確認すると――――『わかった』……。

たった四文字の短い返事だったが、それでも唯一の返事には変わりない。

「……何ちょっと喜んでいるんだよ、俺。昨日のこと、忘れるなって」

とことん無視された時の怒りは未《いま》だに収まっていない。一生忘れないだろう。

それでも、まあ……返信、来るんじゃないか。

「ちょっといいかな和斗《かずと》くん。すこーしだけ時間が欲しいんだけど」

「香澄《かすみ》さん？」

振り返ると、やけにニコニコした香澄さんがそこに居た。後ろには何故《なぜ》か凛香《りんか》も居る。

「凛香のどこが好きか、教えてくれる？」

「な、なんですか急に……」

「いいから言ってごらん」

意味が分からない。質問が唐突で面食らうが、香澄さんの後ろに居る凛香が期待に満ちたキラキラとした瞳で俺を見てくる。……眩《まぶ》しい。クール系アイドルがしていい目ではないぞ。

「ぜ、全部ですよ。凛香の……全部」

「いやいや、一つくらいは嫌なところあるでしょ。凛香は和斗くんの人形を作ったりしてるんだよ？　盗撮紛《まが》いのこともしてるし………」

「あ、知ってるんですね。でもまあ、それも凛香ですから」

「大きすぎでしょ器。次の瞬間ぶん殴られても、まあ凛香ですから、と許しちゃいそうじゃん」

「それはまた別問題でしょ。ていうか凛香は暴力を振るわないんで」

香澄さんの言う例えがぶっ飛び過ぎている。

「ほら言ったじゃないのお姉ちゃん。和斗は私の全てを受け入れ、愛してくれているの。夫婦の絆《きずな》は絶対よ」

「………相手が和斗くんじゃなかったら、即通報コースだからね、我が妹よ」

堂々と言い放つ凛香に、香澄さんは口を引きつらせる。

香澄さんの気持ちは分かるけど、それくらいのことで動揺していては身がもたない。

「逆にさ、凛香は和斗くんのどこが好きになったわけ」

「全部よ、全部」

「具体的には？」

「まず存在と雰囲気ね。他にも和斗の誠実さと真っすぐな気持ちはチャットだけでも感じ取れるし、何よりもちゃんと向き合ってくれるところ。だらしないところもあるけれど、それも可愛《かわい》い一面の一つに過ぎない……。むしろ妻として張り合いが出るわ。何よりも私を見る時の優しい目。和斗は私を見る時だけ、すごく優しい目をすることがあるの。あ、もちろん和斗の見た目も大好きよ。クリッとした黒い目に少しだけ硬い髪の毛……。意外と柔らかい頬はモチモチとして突くだけで気持ちいいの。他にもたくさんあるわ。清潔に保たれた指の爪に、ふっくらとした大きな手。腕から薄《うっす》らと浮き出る血管にドキドキさせられることもあるわ。あ、それから――――」

饒舌《じょうぜつ》に凄《すさ》まじい勢いで喋《しゃべ》る凛香。香澄さんが引き気味で俺に声をかけてくる。

「和斗くん……あれ、つっこまなくていいの？」

「え、何かおかしいところあります？」

「和斗くん!?　君、だいぶ毒されてきたねぇ！　もう器が大きいとかじゃないよ！」

「そう言われても………」

人間、何事にも慣れる生き物。そもそも凛香はそういう女の子だと理解した上で付き合っているし、好きになっている。

「とくに和斗の胸板は――――あら、いけないわ。もう出ないと」

「レッスンの時間？」

「ええ。奈々《なな》が下で待ってるそうだから、早く行くわね」

凛香がスマホを見ながら急ぎ足で和室から出て行き、香澄さんが「いってらっしゃーい」と手を振る。俺は……玄関まで見送るか。ていうか俺がそうしたい。

玄関に向かう。すでに凛香は靴を履いてドアノブに手をかけていた。

「えーと、いってらっしゃい」

「──え、和斗？」

「……なんでそんなに驚いてるんだよ」

俺に声をかけられ振り返った凛香は大きく目を見開いていた。まるで信じられないといった様子。

「俺が見送りをすることがそんなにおかしいかな」

「ええ、初めてのことだから……。すごく嬉《うれ》しいわ」

その言葉に嘘《うそ》はないのだろう。凛香の表情が優しく緩む。

「ちょ、ちょっと変な気分ね……。夫に見送ってもらえるなんて」

「まだ夫じゃないけどね。普通に恋人だから」

「あら、まだそんなことを言っているのかしら。とっくに夫としての自覚が芽生えていると思っていたのに」

「…………」

夫としての自覚、か。

「どうしたの、和斗」

「……ベタだけどさ、こういう時……夫婦ならすることがあるよな」

「何かしら………?」

「いや、その、いってらっしゃいのなんとかーみたいな……」

「何よそれ。いってらっしゃいの次はいってきますでしょう?」

「そうじゃない。もっとこう……直接的なことと言いますか………」

「直接的? よく分からないわ。ハッキリ言って」

「いやだから………え、本当に分からないのか? とぼけてるだろ?」

「何がよ。さっきから和斗が何を言ってるのか全然分からないわ」

「凛香なら……むしろ凛香だからこそ分かると思うんだけど……。知らないフリをしてない?」

「してないわ。私、嘘はつかないの」

真顔だ。いつもの冷静な表情を浮かべている。本気で分からないらしく、凛香は小首を傾《かし》げて俺の目を見つめた。まじか。ここまで言えば誰だって分かるだろ。

変に照れ屋な凛香は変なところで知識が欠けているらしい。

夫婦にこだわる凛香だからこそ知っておいてほしいというか、俺から言うのは少し違う気が……!

いや、俺から言うべきなのか。言うというより、するべきか。

……いっそのこと、あの不意打ちのファーストキスに対しての仕返しの意味も込めてやってやるか。と、妙に強気な気分で挑むことにする。

「ねえ和斗。黙っていたら分からないわ。早く教えて」

「……目を閉じたら教える」

「こう………?」

何をされるのか全く想像すらしていないらしい。無警戒に凛香は目を閉じた。そんな凛香を見て、そして自分がしようとしていることを考え、ドクドクと心臓が高鳴る。それでも一切の躊躇《ためら》いはなかった。

――いや待て。

こういう時、なぜか乃々愛ちゃんが唐突にやって来て流れをぶった切るのだ。

俺は、ささっと後ろを確認する。廊下には誰もいない。

シュトゥルムアングリフの鳴き声と乃々愛ちゃんの楽しそうな声が、音の塊となって聞こえてくるだけだ。よし、ナイスだシュトゥルムアングリフ。そのまま乃々愛ちゃんと遊んでいてくれよ………!

意を決した俺は――凛香の顎を優しく摑《つか》み、軽く持ち上げる。

「――――」

反射的に凛香の瞼《まぶた》が開かれそうになる寸前、素早く顔を近づけ――――唇を合わせた。

急いだせいか、俺が下手くそなせいか。

ちょん、と唇が当たった程度。

しかし、自分でもよく分からない満足感……充実感が胸の中に満ちていく。

「えー、いってらっしゃい……凛香」

「……え？　ぁ……ぅ？　え、え………？」

凛香が目をパチパチさせる。

自分が何をされたのか、理解が追い付いていない。

「おーい、凛香？」

「えと、え………あ、今の――」

「はい！　いってらっしゃい！　今日も頑張ってください！」

もはや勢い任せのごり押し。凛香の両肩を掴んでドアに向かわせると、グイグイと背中を押して無理やり行かせる。

「い、いってきます………？」

未だに混乱が解けない凛香は、戸惑いながらもドアを開けて外に出る。ガチャンと音を立てて閉じるドア。これで何とか誤魔化せただろうか。一仕事終えた感じで額を袖で拭う。

そして二、三秒の間があった次の瞬間――。

「ん、んぁあああああああ!!」

ドア越しに聞こえる凛香の可愛らしい絶叫。

こんな朝から騒いだら、ご近所様に迷惑がかかるじゃないか。

心臓が一向に落ち着かない中で、どこか冷静な思考を働かせてしまう。

というより、凛香が可愛いやら面白いやら……………はは。

和室に戻ろうと振り返ると、リビングの方から乃々愛《ののあ》ちゃんがタターッと駆け寄ってくる。遅れてシュトゥルムアングリフもトコトコ歩いて来た。ギリギリのタイミングだったな。俺は感謝の意味を込めて幸運を呼ぶ黒猫に親指を立てたジェスチャーをしてみせる。

この黒猫が乃々愛ちゃんと遊んでくれなかったら俺は凛香にキスができなかった。

まず間違いなくキスする寸前で乃々愛ちゃんが来ていただろう。

「ねね、かずとお兄ちゃん！　一緒にあそぼー！」

「うん、いいよ」

「……んぅ？」

乃々愛ちゃんが俺の顔を見上げて、コテンと可愛らしく首を傾げた。

「ん、どうしたのかな乃々愛ちゃん」

「かずとお兄ちゃん、笑ってるー！」

「え？」

咄嗟《とっさ》に自分の口に手を当ててしまう。俺、笑っていたのか。全然気づかなかった。

「どーして？　凛香お姉ちゃんとなにかあったの？」

「あー、まあ……うん。面白いことがあったんだよ」

「なぁに？　おしえてー」

「まだ乃々愛ちゃんには早いよ。また今度な」

「んぅ？　あ、わかったぁ！　いってらっしゃいのちゅうしたんだー！」

「なんで分かるんだよオイ」

「わーい！　かずとお兄ちゃんが大人の階段のぼったー！　わーい！」

嬉しそうに騒ぐ乃々愛ちゃん。大人の階段までは登ってないぞ……。

「えーなになに！　和斗くんの方からやったの？　へー、ふーん」

「げっ。香澄《かすみ》さんまで来た」

「その反応は失礼すぎるでしょ。私、姉だからね？………キスってどんな感じか、教えてくんない？　いや、私も知ってはいるんだけどさ、一応聞いておこうかと思ってね」

「よく妹の彼氏にそんなことが聞けますよね……」

「いいじゃん別にー。ほれほれ、言ってごらん」

「…………唇が……熱くなって、ピリピリしますよ」

「ほう、熱くなってピリピリ…………あ、もちろん私も知ってるけどね。他には他には？」

「もう勘弁してくださいよ……」

全く、朝から色々と騒がしいなぁ。

これで凛香《りんか》が帰って来たら、もっと騒がしくなるんだろう。
……そうなることを、期待している自分がいる。
つまり、凛香が帰ってくるのを楽しみにしているのだ。
「我ながらヒモっぽいな……なんか」
彼女を見送り、帰りを待ちわびる………。
そういえば『いってらっしゃい』と言ったのは人生で初めてのことだったか。
なら今日の晩、凛香が帰って来たら『おかえり』と人生初めての言葉を言おうかな。

ファーストキスをしたその日の晩　水樹凛香視点

「キス……しちゃった……。和斗《かずと》くんに、キスしちゃった………」

勢いでファーストキスをしてしまった、その日の晩。私は自室にこもり、和斗くん人形を抱きしめてベッドの上でゴロゴロ転がっていた。キュゥッと来るたまらない感情が私の体をジタバタさせる。

「………っ」

そっと自分の唇に触れてみる。ほんの数秒の時間だったけれど、ここに和斗くんの唇が当たっていた。今でも熱を思い出せる。そんなに強く押し付けたわけではない。それでも確かに、私は和斗くんにキスをした。

憧れていたシチュエーションでもなければ、ロマンティックな雰囲気でもなかったけれど……。

「……ふ……ん――――っ！」

またしても、なんだかたまらない衝動に襲われ、ごろんごろんベッドの上で激しく転がる。どうしましょうね、無性に叫びたいわ。

この胸から全身に満ちていく、居ても立っても居られない衝動を口から全力で吐き出したい……！

「和斗くん、きょとんとしていたわね………ふふ」

キスされた時の和斗くんの可愛《かわい》い顔を思い出し、少し笑ってしまう。

何が起きたのか理解できていない顔だったわ。

ここまでくると逆に楽しい気分になってくるのね……。

「でも私たちは夫婦なのだから、キスくらい別に………」

そう自分に言い聞かせるも、胸の高鳴りだけは抑えることができない。

そう、夫婦……。だからキスくらい構わない………!?

「んぅ――――っ！」

「ちょっと凛香《りんか》ー？　うるさいんだけど………え！　大丈夫!?」

部屋のドアを開け、顔を覗《のぞ》かせたお姉ちゃんが驚きの表情を浮かべる。

「……大丈夫よ。何も問題ないわ」

「いや問題あるでしょ。人形を抱きしめながら床を転がってる妹が目の前にいるんだよ？」

「………」

気づかないうちに私はベッドから落ちていたみたい。お姉ちゃんに心配をかけるのは良くないわね。私は何事もなかったかのように立ち上がり、落ち着きを取り戻して言う。

「何も問題ないわ。これもレッスンの一つだから心配しないで」

「だいぶ変態じみたレッスンだけど大丈夫？……まあ、ほどほどにしなよ、凛香」

お姉ちゃんは気遣うようなセリフを私に投げかけ、部屋の前から去っていった。そのことを入念に確認し、ドアを閉める。

「ふぅ…………落ち着くのよ、水樹《みずき》凛香。私は何が起きても冷静に対処できるクール系アイドルでしょ？　そうよ、たかが夫とキスしたくらいじゃないの。何もおかしいことないわ。夫と……和斗くんと…………キス――――！　んぅううううう!!」

再び感情が爆発した私は、叫び声を上げる前にベッドに飛び込み、顔を枕に押し付けて盛大に叫ぶ。もうこれはダメね、我慢できそうにないわ。間違いなく今晩は眠れない。

「……和斗くん」

ベッドに寝転がっている私は、和斗くん人形を両手で摑んでジッと眺める。……なんて可愛いのかしら。グッズ販売すれば大ヒット間違いなしよ。でも和斗くん人形は私だけのもの。誰かに譲るなんて死んでも嫌だわ。

「こ、こんな感じだったかしら……？」

微《かす》かに震える両手で和斗くん人形を持ち、ゆっくりと私の顔に近づけていく。キスだ。今まで和斗くん人形にキスをするという発想が私にはなかった。

でもリアル和斗くんとしてしまった以上、意識してしまうのは必然で――――。

「…………」

たかが人形。されど和斗くん人形。

ドクンドクンと鼓動が激しくなる。

それでも私の唇と和斗くん人形の口が、どんどん近づいていき――――。

「あ！　凛香お姉ちゃん！　お人形さんとちゅうしてるぅ！」

「ちょっ、乃々愛《ののあ》！　声出したら見つかる――――ッ」

………………。

サーッと血の気が引いていく。

幻聴であることを祈りながら首を動かし、部屋の入口に視線を向ける。

ほんの少しドアが開けられていて、その隙間からお姉ちゃんと乃々愛が私を見ていた。

「……なに、しているのかしら」

「いやー、これはその、ね？　あははは」

ニコニコ顔の乃々愛の口を塞ぎ、お姉ちゃんは見るからに焦りの表情を浮かべる。いけないことをしている自覚はあるようね…………！

でも私はそれ以上に、身を焦がすほどの羞恥に襲われる。

カーッと顔が熱くなり、勝手に体がプルプルと震え始めた。

「………もう、だめ……。私を、殺して……！」

「気にし過ぎだって凛香！　うんその気持ち、分かるよ！　好きな男の子に見立ててキスの練習をしていたんでしょう？　そういう時期、誰にだってあるから！」

「んぅ？　香澄《かすみ》お姉ちゃんもあったの？」

「ない！」

………。

もうやだ。全てを投げ出して、がむしゃらに走りたいわ。

「ねね、凛香お姉ちゃん。ちゅうしないの？」

「やめて……これ以上、私を苦しめないで……！」

「んぅ……？」

私の下に来た乃々愛が、汚れのない綺麗《きれい》な瞳を私に向けて尋ねてくる。悪意のない質問が心を締め付けてきた。

「凛香お姉ちゃん、ちゅうは？」

「もうやめて……！」

恥ずかしさに耐えきれなくなった私は布団を被《かぶ》って全身を隠す。外から見れば団子みたいになっているでしょうね。……乃々愛が布団越しに私の体をツンツンと指で突いてくる。

「んぅ？　あ、そうだぁ！　凛香お姉ちゃんのクローゼットにね、たくさんお人形さんが入ってるの！」

――――えっ。

和斗くん以外の人には打ち明けたことないのに、どうして乃々愛が知ってるの？

嫌な予感がした私は布団を吹き飛ばす勢いで体を起こす――――けれど、すでにクローゼットは乃々愛の手によって開けられていた。五人の和斗くん人形が白日の下にさらされる。当然、お姉ちゃんも目撃し、口の端をピクピクさせて目を見開いていた。

「い、いやー、これは……ちょっと想定外だわ。一体ならまだしも五体は……」

五体じゃなくて五人よ。そう指摘したいけれど、バレてしまったショックで口を上手《うま》く動かせない。

「んぅ？　奥にまだあるよ……？」

「乃々愛、やめ――――」

「あー！　今度は赤ちゃんだぁ！　かずとお兄ちゃんが赤ちゃんになってるー！」

…………。

乃々愛がクローゼットの隅から引っ張り出したのは、赤ちゃんバージョンの和斗くん人形だった。ピンク色の服を着ていて、おしゃぶりを口にしている。……ほんと、可愛いわね。見ているだけで魂が昇天しそうな可愛らしさよ。

「凜香…………」

お姉ちゃんが今までに見たことがないような優しい表情を浮かべ、まるで心底同情するように語りかけてくる。

「ごめんね、凜香の闇に気づいてやれなくて」

「お、お姉ちゃん!?」

「これからはずっとそばにいるからさ……困ったことがあったら、なんでも私に相談してね」

と、瞳から一滴の光をこぼすお姉ちゃん。

「やめてくれるかしら、その本気で気遣うような喋《しゃべ》り方………無性に死にたくなるのよ」

どうしてこんなことに……！　私は頭を抱えて嘆いてしまう。

「凛香お姉ちゃん！　わたしもかずとお兄ちゃんのお人形さんがほしい！　つくってー！」

「凛香、もっと姉妹の時間をつくろっか。……私も一緒に罪を背負っていくから」

「罪って何よ。もはや犯罪者扱いじゃないの」

人形を作ってほしいとせがむ乃々愛と、本気で私の精神を心配するお姉ちゃん……。

何度でも思ってしまうわ。どうしてこんなことに……。

ええ、これも全ては和斗くんのせいよ。

和斗くんが可愛いすぎるからいけないの（逆恨み）。

今度和斗くんが私の家に泊まりに来た時、とことん責任を取ってもらおうかしら。

そうね……和斗くん人形の代わりに、毎晩私の抱き枕になってもらうわ――――ふふ。

あとがき

俺の推しキャラは橘《たちばな》くんだ!!　どうも、あボーンです。

まじで第二巻が出ました。最初は第一巻が出るのかも半信半疑でしたが、まじで第二巻が出ました。それもウェブ版とは全く違うストーリー展開。

第二巻の序盤では、みんな大好きヒロインレースがありましたね！

嫉妬心をむき出しにする凜香《りんか》と、和斗《かずと》くんにグイグイ迫る橘くん……。

これは大好評間違いなしですよ！　へへっ。

………。

いや私もおかしいとは思っている。

元々橘くんホモ展開は、ウェブ版の没エピソードでした。

担当編集者様から第二巻のプロットを求められた際、没前提で橘くんホモ展開をプロットにぶち込んでみたんですよ。ええ、ちょっとした悪ふざけで。それがどうよ？

担当編集者「橘のホモネタ　これいいですね笑　面白いので私はアリだと思います」

………まじか。

あのー担当編集者様、疲れてますか？　編集者は激務と聞くし……。

まあね、私としても面白いから、アリなら書かせてもらいますよ。

ついでに裏設定にしていた和斗くんの家庭事情も書きます。
という感じで第一巻のときと同じく、勢いで第二巻を書きました。
正直、やらかした感はある。でも後悔は——少しだけしてる……！
いや執筆中は楽しかったんですけどね。まじで楽しかったです。
ただ、ちょっとやりたいようにやり過ぎたかもなー、と思ったり思わなかったり……。
まあ勢いで突き進んだ以上、振り返っても仕方ないか！
第三巻では、頭がおかしくなるくらいの面白いストーリーが書きたいなぁ。
……書かせてもらえるならね！

最後になりますが、皆さんにお礼を申し上げます。
ウェブ版・第一巻の頃から応援してくださっている読者さん、ありがとうございます。
第二巻でも可愛《かわい》いイラストを描いてくださった館田ダン先生、ありがとうございます。
そして橘くんホモ展開を面白いと言ってくれた担当編集者様、ありがとうございます。
私を応援し、支えてくれた方々に心よりの感謝を。

OVERLAP

ネトゲの嫁が人気アイドルだった 2
～クール系の彼女は現実でも嫁のつもりでいる～

発　行　2021年10月25日　初版第一刷発行

著　者　あボーン
発行者　永田勝治
発行所　株式会社オーバーラップ
〒141-0031　東京都品川区西五反田 8-1-5
校正・DTP　株式会社鷗来堂
印刷・製本　大日本印刷株式会社

Printed in Japan　ISBN 978-4-8240-0017-0 C0193